第二辑

悦忆集

朱志峰 著

陕西新华出版传媒集团

太白文艺出版社

图书在版编目（ＣＩＰ）数据

悦忆集. 第二辑 / 朱志峰著. -- 西安：太白文艺
出版社，2019.9（2020.7重印）
ISBN 978-7-5513-1689-7

Ⅰ. ①悦… Ⅱ. ①朱… Ⅲ. ①诗词－作品集－中国－
当代 Ⅳ. ①I227

中国版本图书馆CIP数据核字(2019)第123293号

悦忆集
YUE YI JI

作　　者	朱志峰	
责任编辑	申亚妮　蒋成龙	
出版发行	陕西新华出版传媒集团	
	太 白 文 艺 出 版 社	
经　　销	新华书店	
印　　刷	西安日报社印务中心	
开　　本	787mm×1092mm　1/16	
字　　数	195千字	
印　　张	22.25	
版　　次	2019年9月第1版	
印　　次	2020年7月第2次印刷	
书　　号	ISBN 978-7-5513-1689-7	
定　　价	96.00元	

序

2016年春，志峰送我一本他的古体诗集《茗余集》（第一辑），西北大学出版社出版的，16开本，200多页。装帧很美，封面也让人赏心悦目，我便放在桌上"赏玩"，但一两周都没有打开翻看，原因是我对近年一些朋友送来的古体诗集多不大看好，太直白，太口语化，说白了也就是没有"诗味"。所以，对志峰送来的诗集，也未立时就读。这本诗集在桌上静静地躺了两周。有一天偶然打开，我随意翻看了几首，顿觉有一股清流沁入心脾，便放不下手，随即冲了一壶好茶，坐在窗前细读起来。诗集里好诗很多，佳句迭起，意境隽永，情感深婉，韵律也多合规，不禁呼之——难得！就这样，这本诗集便被经常翻看、赏读。不久，他的《茗余集》（第二辑、第三辑）陆续出版，今春又读了他的《悦忆集》（第一辑），这样算来已读了他上千首诗了。近日，他又托人送来他的第五本诗集《悦忆集》（第二辑）纸质版稿件。上了年纪的人，大都喜欢读纸质版书稿，躺在床上或坐在沙发上品茗而读，自由度大，悠闲，更能让人进入诗的意境。

志峰的诗词涉及面广，正如他在一首《忆江南》开首所说："诗友聚，畅言开心扉。天地万物皆入题，人生古今大社会。"在他的上千首诗词里，既有对祖国山河的歌颂，也有对历史古迹的凭吊；既有对故乡山川巨变的吟咏，也有对故土风俗人情的描绘；既有对师友亲情的怀念，也有对自己人生感情的沉思。这次他送来的《悦忆集》（第二辑）内容更丰富，共收录诗词300余首，分12篇。前7篇写近年他在国内外考察时的游历心得，描绘了祖国山河风光以及异国风土人情；后5篇以叙写亲情、友情为主，情浓意切，自然流畅，清新典雅而不俗。总之，志峰的诗词视野开阔，胸襟坦荡，感情真挚，文采斐然，内容丰富，值得一读。在自己的熟人中好写古体诗词的人不少，然而像志峰这样刻苦用功，写得这么多，这么娴熟俊美，基本合律入辙的人并不多。自然这只限在自己的朋友圈内，因为自己的知识和眼光也是有限的。

读志峰的古体诗词，我首先想到的就是"爱好就是最好的老师"这句话。志峰的专业和职业均与诗学无涉，然而却能写得这么好，无非爱好使然。

诗是文学的精华，写诗要有敏锐的悟性，更需要一定的文字驾驭能力。志峰在这方面是具备了一定的潜质和造诣的。他写的古体诗词之所以不俗，令人赞赏，原因也在这里。

我与志峰相识已久，记得是在30年前，他大学刚毕业，因工作关系，我们有了联系。风风雨雨一路走来，我已入高龄，他也过了耳顺之年。他平素似乎没有太多的业余爱好，写诗大概成了他唯一的爱好。写诗可以丰富人的生活，激发情志，但有时也是很折磨人的事，"推敲""捻断数茎须"，这是古人的体验，今人要写好一首诗，更不轻松。对志峰来说，来日方长，诗肯定还会继续写下去，希望他继续努力，在诗味的清醇、诗意的新颖、格律的严谨方面，更上层楼。

"诗味"是诗的灵魂，没有诗味便不成诗，无论形式如何好也没有意义；"新意"是诗的个性，没有新意必然平庸，起码不是好诗；"格律"必须讲究，诗要朗朗上口才有形神之美。我想，经过不断磨炼，志峰的诗集，一定会一本比一本更成熟，更会受到读者的欢迎。

2018年8月9日

目录

雄风浩荡嘉峪关　巍峨壮哉祁连山

古老酒泉史有名　金塔胡杨新风景

额济纳旗秋色美　风光旖旎胡杨林

友好邻邦老挝行　自然人文醉其中

澳大利亚异国情　大美风光不虚行

美丽清新新西兰　世外桃源落人间

昔日日不落帝国　古老现代相融合

野竹坪中营盘扎　健康管理你我他

血浓于水亲情重　天伦之乐和谐融

人生知己最难得　地久天长情谊真

以诗会友开心胸　真诚箴言共追梦

中华民族当自强　天翻地覆慨而慷

雄风浩荡嘉峪关
巍峨壮哉祁连山

相思令·初到嘉峪关市

风飞扬，
叶飞扬。
古关深秋沐灿阳，
远客喜观光。

高山长，
长城长。
戈壁耸立大酒钢^①，
盛情红酒香。

——2017 年 10 月 20 日

———————

①指酒泉钢铁(集团)有限责任公司。

嘉峪关芦苇荡

金风玉露染芦荡，
葭①花舞动絮飞扬。
融入自然心神醉，
此处秋色胜春光。

——2017 年 10 月 20 日

———————

①芦苇的别称。

嘉峪关①

两山高耸穿云天，
嘉峪关上旌旗展。
历史雄风今犹在，
巍峨依旧吞河山。

——2017 年 10 月 20 日

———————

①嘉峪关是古代万里长城防线上的重要军事要塞，素有"河西
第一隘口"之称，历史上曾被称为"河西咽喉"。因地势险要，建筑
雄伟，有"天下第一雄关"之称。

沙枣果

生命力强坚，
戈壁扎营盘。
金风硕果累，
枝头绽笑脸。

——2017 年 10 月 20 日

祁连山①

雄关南望雪峰寒，
壁立万仞刺青天。
晚秋夕阳争风光，
独领风骚祁连山。

——2017 年 10 月 20 日

---

①祁连山脉位于青海省东北部与甘肃省西部边境，是由多条"西北—东南"走向的平行山脉和宽谷组成的庞大山系，是中国西部一条重要的生态屏障。笔者登上嘉峪关，举目南望，祁连山高耸，顶覆白雪，十分壮观，即兴而赋。

长城第一墩①

斑驳土墩历风霜，
大漠戈壁傲骨壮。
岁月无情旧颜改，
历史功绩万古扬。

——2017 年 10 月 20 日

---

①长城第一墩位于甘肃省嘉峪关市，又称讨赖河墩，是嘉峪关
西长城最南端的一座墩台，也是明代万里长城最西端的一座墩台。
历经风雨冲刷，部分岸壁塌毁，现存墩台依壁而立。"长城第一墩"
碑文由已故的西路军将领魏传统题写，字迹飘逸洒脱，清秀隽永。

裕固族^①迎宾

洁白哈达双手捧,
歌声悠扬送真诚。
盛情美酒斟满杯,
裕固民族喜相迎。

——2017 年 10 月 20 日

---

①裕固族是分布于甘肃省的少数民族,主要聚居在甘肃省肃南裕固族自治县和酒泉黄泥堡地区,信奉藏传佛教。裕固族有着悠久的历史和独特的文化,2011 年,裕固族的传统婚俗入选第三批国家级非物质文化遗产名录。

讨赖河①

讨赖河水清又长，
戈壁大漠释能量。
滋润两岸春常在，
生命之歌共徜徉。

——2017 年 10 月 20 日

---

①讨赖河是甘肃省嘉峪关市唯一的地表河流，发源于青海省祁连山中段讨赖掌，出冰沟口流经嘉峪关、酒泉、金塔后汇入黑河，属黑河水系一级支流。嘉峪关市境内河长 40 公里。河流来源由降水、冰雪融水和地下水补给。

烤全羊①

整羊烤焦黄，
皮肉共绽香。
口嚼味无穷，
共醉美食旁。

——2017 年 10 月 20 日

①裕固族烤全羊表面金黄油亮,外部肉焦黄发脆,内部肉绵软鲜嫩,羊肉味清香扑鼻,颇为适口,别有风味。

祁连^①雪山

巍巍祁连横立天，
皑皑雪峰化清泉。
河西走廊滋沃野，
自然奉献惠人间。

——2017 年 10 月 23 日

---

①指祁连山。祁连山的四季从来不甚分明,春不像春,夏不像夏。所谓"祁连六月雪",就是祁连山气候和自然景观的写照。

嘉峪关魏晋壁画墓①

戈壁边关万春秋,

魏晋古墓千载悠。

能工巧匠精技奇,

天然彩绘砖上久。

生活百相死如生,

富贵荣华全带走。

偶然机遇重见天,

西行游历有幸睹。

——2017 年 10 月 23 日

---

① 嘉峪关魏晋壁画墓位于甘肃省嘉峪关市东北戈壁滩上,共有 1400 多座魏晋时期(220 年—420 年)的地下壁画砖墓群,被誉为"世界最大的地下画廊"。现有六号和七号墓室对游人开放。

嘉峪关魏晋壁画墓的画像均为一砖一画,上下分层排列,内容丰富。有的为了表现一个完整的故事情节,以连环画的形式展现,用数块画砖组合,形象地描绘出社会生产和生活场景。

相思令·归程

山不动，
关不动，
游子乘机踏归程。
难舍金风景。

人始行，
心始行，
东望故乡步不停。
记忆铸永恒。

——2017 年 10 月 23 日

古老酒泉史有名
金塔胡杨新风景

酒　泉①

美酒佳泉数千年，
将士同饮②震边关。
风流人物数今朝，
太平盛世烽烟远。

——2017 年 10 月 21 日

———————

①酒泉因"城下有泉""其水若酒"而得名。其所在地山脉连绵，戈壁浩瀚，盆地毗连，构成了雄浑独特的西北风光。

②西汉大将霍去病率 20 万大军征服匈奴，在河西走廊一带打了大胜仗，汉武帝赐酒 10 坛，霍去病将御酒倒入山泉，同 20 万将士开怀痛饮。

酒泉湖①秋

天高无云举目远，
翠绿金黄争秋艳。
湖水荷塘芦花舞，
万千色彩共浪漫。

——2017 年 10 月 21 日

———————————

①酒泉湖位于甘肃省酒泉市肃州区东 2 公里处的酒泉公园内。

忆江南·民间高手①

一双手，
各自握笔书。
大地为纸任自由，
并行同字共一曲。
民间高手出。

——2017 年 10 月 21 日

①笔者清晨在酒泉公园观双手同字书法，被民间书法高手所
震撼，即兴填词一首。

酒泉肃州湿地①

雪山圣水绿肃州，
水草丰茂湿地秀。
大漠戈壁出田园，
独特生态竞风流。

——2017 年 10 月 21 日

---

① 甘肃酒泉花城湖国家湿地公园位于甘肃省酒泉市肃州区，素称"第二个月牙泉"。花城湖集大漠戈壁、草原、山峰、湖泊、沙丘、长城烽燧于一身，汇西北典型风景为一处，自然景观可谓独一无二。

金沙湖①

金沙湖碧水，
戈壁生俊美。
波光挽秋阳，
天地共生辉。

——2017 年 10 月 21 日

①金沙湖位于甘肃省酒泉市金塔县城南。秋日碧波荡漾，具有别样风光。

金塔沙漠森林公园①

沙漠之上丛林生，
草灌树汇共争荣。
秋日车行目不暇，
恰似脱凡入仙境。

——2017 年 10 月 21 日

————————————

①金塔沙漠森林公园位于甘肃省酒泉市金塔县城西约 6 公里处的潮湖林场,是游人观赏胡杨林的旅游胜地。

金塔晚秋胡杨①

无垠碧天净，
胡杨风骚领。
黄叶透金贵，
天上有此景。

——2017 年 10 月 21 日

———————

①金塔沙漠胡杨林位于甘肃省酒泉市金塔县城西的潮湖林场，为三北防护林体系的一部分，那里有着上万亩人造胡杨林。

金塔沙漠芦苇湿地迷宫①

湿地金风荡，
芦花共徜徉。
沙中出清流，
生命绽华章。

——2017 年 10 月 21 日

---

①芦苇湿地迷宫是金塔沙漠胡杨林景区的一大亮点，和沙漠胡杨一路相隔，东近金秋胡杨，南望祁连山，西赏长河落日，北观红柳花海，中邻沙漠胡杨。芦苇一般生长在有水的沼泽地，而在沙漠森林有这样壮观的芦苇湿地是十分难得的。

金波湖①

地上胡杨静，
湖中生倒影。
风吹水波起，
金光闪烁动。

——2017 年 10 月 21 日

①金波湖胡杨林核心游览区，是酒泉市金塔胡杨林核心景观
展示区。湖边胡杨茂盛，金黄灿烂，倒影在水中非常美丽，让人尽
情地饱览大漠"江南"秀色。

忆江南·金塔印象

金塔行，
醉入胡杨中。
自然天工化神奇，
现代科技人杰灵。
无处不风景。

——2017 年 10 月 21 日

金塔黎明①

黎明天籁静，
苍穹满繁星。
大千夜世界，
自然心神宁。

——2017 年 10 月 22 日

①金塔黎明观天，苍穹无垠，繁星满天，一片宁静，别具风光，令人难忘。

忆江南·破晓出金塔

天破晓，
莫言车行早。
束束灯光射向北，
茫茫夜色开通道。
驰骋奔目标。

——2017 年 10 月 22 日

戈壁日出

一轮红日出地平，
无际戈壁金辉融。
横刀立马航天人，
九天揽月傲苍穹。

——2017 年 10 月 22 日

戈壁远思

戈壁天际连，
霞光温馨暖。
东风航天城[1]，
凝望思万千。

——2017 年 10 月 22 日

---

①酒泉卫星发射中心又称"东风航天城"（简称 JSLC），是中国科学卫星、技术试验卫星和运载火箭的发射试验基地之一。是中国创建最早、规模最大的综合型导弹、卫星发射中心。2017 年被推选为"首批中国十大科技旅游基地"。

火箭发射塔

朝阳映照发射塔，
刺空利剑震天下。
中华儿女多奇志，
宇宙摘星揽月达。

——2017 年 10 月 22 日

戈壁行车

千里戈壁路连天，
汽车奔驰扬尘烟。
灿烂阳光伴我行，
时空穿越走边关。

——2017 年 10 月 22 日

金塔烽火台①

千载岁月风霜打，

傲立边关硬骨侠。

祁连雪峰共为伴，

烽火远去安天下。

——2017 年 10 月 23 日

---

①金塔烽火台位于甘肃省酒泉市金塔县鼎新镇大茨湾村南约
7 公里的黑河西岸的高山顶上。又称大墩门大墩，是汉朝初年修建
的，烽火台底径 19.5 米，高约 11 米，整体呈圆丘状，是居延塞防线
上一座重要的烽燧。同时代的烽火台早在历史的烟云中变成一堆
黄土，唯它历经 2000 年仍屹立不倒。

额济纳旗秋色美
风光旖旎胡杨林

额济纳旗黑城遗址①

西夏黑城兴，
扩址元大蒙。
明朝军攻占，
逐湮风沙中。

——2017 年 10 月 22 日

---

①额济纳旗黑城遗址位于内蒙古额济纳旗达来呼布镇东南 25
公里处，是古代丝绸之路上现存最完整、规模最宏大的一座古城遗
址，至今城内还埋藏着丰富的西夏和元等朝代的珍贵文书。

怪树林①

枯木凄美惨状怪，
天工造物魅影态。
挺拔躺卧屈伸形，
生命变幻书奇彩。

——2017 年 10 月 22 日

---

①怪树林位于额济纳旗达来呼布镇西南 28 公里处，面积有 10 平方公里。这里曾是一片茂密的胡杨林，由于河水改道，水源断绝造成胡杨树大面积枯死。因枯木形态各异、奇形怪状而得名"怪树林"。

挺立胡杨

根壮杆倔强，
粗糙裂皮狂。
满头披金甲，
生命歌飞扬。

——2017 年 10 月 22 日

不倒胡杨

生命逝悲壮，
虽死犹生强。
千年立不倒，
天地共敬仰。

——2017 年 10 月 22 日

倒下胡杨

皮朽硬骨存，
千年留灵魂。
岁月无情去，
精气神永存。

——2017 年 10 月 22 日

额济纳东河①

东河弯曲淌清波，
滋润两岸胡杨多。
生命之源天上来，
最美晚秋妆大漠。

——2017 年 10 月 22 日

---

①额济纳东河位于额济纳旗达来呼布镇南线,河水清波荡漾,
河滩两岸都是成排成片高大的胡杨,风景独特。

英雄林①

历尽沧桑沐风霜，
大漠戈壁展顽强。
不屈身躯无畏惧，
英雄豪杰数胡杨。

——2017 年 10 月 22 日

①额济纳四道桥胡杨林，是张艺谋电影《英雄》的拍摄地。一部《英雄》让金秋灿烂的胡杨林和额济纳旗的名字比翼传扬，故被称为"英雄林"。

额济纳胡杨林

晚秋额济纳，
胡杨甲天下。
天高地广阔，
黄金漫天涯。

——2017 年 10 月 22 日

踏莎行·额济纳旗

北国晚秋，
天高碧悠。
额济纳旗逍遥游。
金色世界漫天地，
心旷神怡印迹留。

岁月奔走，
胡杨记录。
千万年历死不朽。
大漠长河共鉴证，
神奇自然轮回度。

——2017 年 10 月 22 日

红柳海

扎根荒漠紧相依，
防风固沙化神奇。
登高风起红柳舞，
叶落入地化肥泥。

——2017 年 10 月 22 日

额济纳旗肉苁蓉①

沙漠人参肉苁蓉，
甘而性温有奇功。
增强免疫通润肠，
滋阴补阳老还童。

——2017 年 10 月 22 日

---

①肉苁蓉是一种寄生在沙漠植物梭梭树根部的寄生植物。额济纳旗有着丰富的天然梭梭林植物资源，额济纳旗的肉苁蓉肉质肥厚，油性足，鳞片清晰，是肉苁蓉中罕见的优良品种，药用价值极高，被称为油苁蓉，素有"沙漠人参"的美誉。

忆江南·二道桥倒影林①

倒影林，
树景映入水。
秋风扬波生梦幻，
镜像联动映金辉。
游人无不醉。

——2017 年 10 月 22 日

---

①二道桥倒影林是额济纳旗胡杨林中最美的一道风景，金色的胡杨林与那静静的黑河水相互辉映，真的是迷醉无数人的心灵，也使无数人的心灵得到净化。

二道河① 秋色

秋风拂水涟漪长，
相挽两岸金胡杨。
喜鹊欢快林中穿，
黄叶自由任徜徉。

——2017 年 10 月 22 日

---

① 指额济纳旗二道河。

胡杨林驼队

沙漠胡杨乘驼行，
欢歌笑语穿林中。
曲径金甲铺满路，
天堂风光美无穷。

——2017 年 10 月 22 日

戈壁石

大漠戈壁碎石众，
风吹雨打雕貌容。
千年万载无人识，
五光十色各争荣。

——2017 年 10 月 22 日

戈壁夕阳

大漠戈壁天地广，
铁骑奔驰追夕阳。
一路风光赏不尽，
心随自然任飞扬。

——2017 年 10 月 22 日

戈壁月

戈壁西天月似船，
夜空漫游娇玉颜。
明星闪烁伴左右，
和谐苍穹共灿烂。

——2017 年 10 月 22 日

相思令·西北秋行

天悠悠，
地悠悠，
额济纳旗结伴游。
大漠秋光收。

情悠悠，
意悠悠，
人间真情永存留。
友谊天地久。

——2017 年 10 月 22 日

友好邻邦老挝行
自然人文醉其中

西安长沙万象①

西安寒气四飞扬，
长沙细雨深秋凉。
万象热蒸似盛夏，
一日三季历风光。

——2017 年 11 月 17 日

①早晨从西安启程，下午长沙转机，晚间到达老挝首都万象，
一日便历经了冬、秋、夏三季气候和风光。

佛像公园①

湄公河水波光漾，
香昆寺中万佛扬。
世间百态各不同，
知足常乐上天堂。

——2017 年 11 月 18 日

---

①佛像公园位于老挝首都万象东南部湄公河畔，是一个以雕刻著称的公园。公园也称香昆寺，内有很多宗教塑像，意为"神灵之城"。

老泰友谊大桥①

湄公河流润两岸，
一桥飞架坦途宽。
铁龙②汽车奔驰过，
老泰友谊脉源远。

——2017 年 11 月 18 日

①老泰友谊大桥建于 1994 年，跨越在湄公河之上，与河对面
的泰国相连。
②指火车。

老挝凯旋门①

湛蓝天空白云游，
凯旋门高独雄秀。
登顶四望览无余，
壮士征归豪气留。

——2017 年 11 月 18 日

①老挝凯旋门位于万象市中心，是老挝首都万象的标志性建筑。

西蒙寺①

金顶红瓦气恢宏，
古木参天话沧桑。
端庄佛像凝慈善，
气象万千共吉祥。

——2017 年 11 月 18 日

①西蒙寺，又称神城寺，是万象香火最旺盛的寺庙。

万象射击场^① 手枪打靶

十粒子弹压入膛，
精气神凝视前方。
手扣扳机子弹飞，
全部上靶笑声朗。

——2017 年 11 月 18 日

---

① 万象射击场即万象四五射击俱乐部，是亚洲最大的专业射击场，距离万象城区仅 15 公里。

万荣①印象

错落青山敞胸怀，
云岚变幻万景开。
风光旖旎"小桂林"，
世外桃源远客来。

——2017 年 11 月 19 日

① 万荣是老挝一个很著名的休闲旅游地，位于首都万象和琅勃拉邦两个主要城市之间，距万象市 160 公里。其山清水秀，民风淳朴，来到这里的中国人都称之为"小桂林"。

万荣南松河①

河水清清缓缓流，
青山巍巍绿绿秀。
田园风光共和谐，
回归自然乐无忧。

——2017 年 11 月 19 日

---

①万荣的南松河穿越万荣市区，围绕大山川流不息，任意流淌。南松河是万荣著名的漂流地，两岸风光秀丽，河宽 200 多米，全程漂流约 13 公里。

坦江溶洞①

大山胸中藏奇观，
另番世界景万千。
钟乳石剔透晶莹，
空中纵横阵容乱。
脚下曲径幽深进，
每步皆为新地天。
鬼斧神工造神奇，
雕刻美景皆自然。

——2017 年 11 月 19 日

①坦江溶洞,是万荣最负盛名的岩洞。

放飞心情

岁月如梭过花甲，
老挝共游春又发。
青山绿水留俏影，
纵身一跃傲天下。
自然舞台任纵横，
放飞心情十七八。
欢歌笑语连波起，
抓住青春大尾巴。

——2017 年 11 月 19 日

踏莎行·万荣漂流

轻舟如梭，
清波连涌。
水上漂流沐凉风。
融入自然似半仙，
青山热情忙迎送。

心旷神怡，
青春重生。
拥抱世界踏浪行。
尘嚣浮华远离去，
人间天堂数万荣。

——2017 年 11 月 20 日

万荣大榕树

高耸入云端，
盘根错节连。
背靠大榕树，
恍若后为山。

——2017 年 11 月 20 日

光西瀑布①

天上飞流梯层展，
湿气氤氲亲颜面。
阳光穿射放异彩，
钙淀生化景万千。

——2017 年 11 月 20 日

———————

①光西瀑布，坐落于东南亚原始森林中，为全球十大天然游泳
池，也是琅勃拉邦人民的骄傲。光西瀑布仿佛是中国九寨黄龙的
袖珍版，特殊的钙化池，三层大的瀑布群，若干小的瀑布群，从山上
飞流而下的瀑布，激流泛过层层叠叠的石灰岩，飞落直下一个个浅
绿的碧玉潭。

湄公河特色小烤

河岸晚灯明，
炉中木炭红。
涮烤共一锅，
醉入美味中。

——2017 年 11 月 20 日

乘大象

湄公河畔密林旁，
青山绿水云轻扬。
驾驭大象共和谐，
逍遥快活归途忘。

——2017 年 11 月 21 日

湄公河畔品茗

青山相依倚凉亭，
湄公河畔沐爽风。
清流欢跳绿满眼，
逍遥自在饮香茗。

——2017 年 11 月 21 日

琅勃拉邦乡间公路行

凹凸不平乡间路，
车行飞扬沙尘土。
树叶灰粉多累积，
等待天雨真颜露。

——2017 年 11 月 21 日

忆江南·琅勃拉邦皇宫博物馆①

古皇宫，
历史小缩影。
岁月悠悠百余年，
小巧玲珑承古风。
世界遗产铭。

——2017 年 11 月 21 日

---

①琅勃拉邦皇宫博物馆位于琅勃拉邦市区中央，1904 年建于湄公河畔，为西萨旺冯国王的寝宫，后一直为历代国王的寝宫，直到 1975 年，废除君主制，成立老挝人民民主共和国，该宫被改成了博物馆。

忆江南·护国寺①

护国寺，
空名今留驻。
涅槃重生佛缘在，
玉身随皇万象去。②
游人今入出。

——2017 年 11 月 21 日

---

①指琅勃拉邦护国寺。
②琅勃拉邦原为老挝皇宫所在地，后迁万象，原寺中主要文物已随皇宫迁入万象。

琅勃拉邦皇家香通寺①

两河相汇清浊分，
生命绿树蕴意深。
感动老虎诚信牛，
龟鹿鸟助共脱身。②

——2017 年 11 月 21 日

———————

①香通寺是琅勃拉邦最宏伟、最著名、最漂亮的寺庙，其浓缩了琅勃拉邦古老的寺庙建筑风格，位于由湄公河与南康河冲击而成的半岛北端附近。

②香通寺内一面墙壁上绘有一副大型壁画，其中，牛、龟、鹿、鸟等动物互助共脱虎口的神话故事千古流传。

琅勃拉邦瓦宗寺观落日①

夕阳晚霞西天红，
瓦宗寺沐金光融。
两水相拥滋天地，
佛光普照度众生。

——2017 年 11 月 21 日

---

①瓦宗寺位于琅勃拉邦中部普寺山的顶部，建于 1804 年，随后，许多佛寺也相继在山上建立起来。

踏莎行·琅勃拉邦黄昏

瓦宗寺高，
夕阳晚照。
华灯初绽炊烟绕。
湄公河上行船缓，
南康河流轻舟摇。

青山环抱，
分外妖娆。
江山如画风光好。
世外桃源不虚行，
远客共醉情未了。

——2017 年 11 月 21 日

相思令·两河交汇处乘小艇游

清为河①，
浊为河②，
清浊分明共一歌。
新波③两色合。

清浪跃，
浊浪跃，
小艇犁水动静和。
自然诗韵乐。

——2017 年 11 月 21 日

①指南康河。
②指湄公河。
③南康河在琅勃拉邦汇入湄公河，清浊相汇。

忆江南·琅勃拉邦布施街①

天拂晓,
华灯依旧照。
舍得米食度众生,
布施街上人行早。
善行终有报。

——2017 年 11 月 22 日

---

①在东南亚小乘佛教国家,布施是保持了千年的传统习俗,如同中国和尚出去化缘。琅勃拉邦古城区是世界遗产城市,庙宇众多且集中,这里的布施闻名于海内外,老挝人的仁爱善心令游客们感受到梦幻般的天堂之乐。每天清晨 5 点多,穿着黄色僧袍的僧侣们风雨无阻按照固定的路线坦然安静地接受着信徒的给予。不过现在的和尚并不需要别人供应食物,只是保留这一传统而已,或者也相当于保留非物质文化遗产。和尚化来的食物有一些会自己吃,很多都转而送给街上乞讨的小孩和穷人。当地居民把布施当作一天中的一项庄严而神圣的活动。

老挝万荣山区

重峦叠嶂插碧天，
千姿百态争奇艳。
云雾缭绕变无穷，
人间仙境万荣山。

——2017 年 11 月 22 日

踏莎行·南俄湖①

万顷碧波，
清澈荡漾。
蓝天白云共徜徉。
八面青山手挽手，
心随爽风齐飞扬。

湖中小岛，
成群绿装。
点缀其间似天堂。
精气神儿共醉入，
进入仙境忧愁忘。

——2017 年 11 月 22 日

①南俄湖，原名为塔拉大水库，又名千岛湖。它是老挝最大的湖泊，也是湄公河次流域最大的人工湖泊，位于南俄河下游万象东北 60 公里，是一处典型的林间湖泊。

塔銮①

群塔相拥中独高,
金碧辉煌冲天傲。
释迦牟尼舍利存,
虔诚拜佛循善道。

——2017 年 11 月 23 日

———————

①塔銮位于老挝首都万象市以北的瓦塔銮寺的北面,距市区 5
公里,是老挝的佛教圣地。

金卧佛①

塑身侧卧绽金光，
太阳照耀笑慈祥。
普度众生心从善，
知足常乐天地长。

——2017 年 11 月 23 日

———————————

①金卧佛位于老挝万象市塔銮寺内。

相思令·丹萨旺度假区晨游①

山蒙蒙,
雨蒙蒙。
池塘睡莲花映红,
湿润亲面容。

露重重,
波重重。
翠绿嵌满大草坪,
曲径通幽行。

——2017 年 11 月 23 日

①丹萨旺国际旅游度假区位于老挝著名的南俄湖风景名胜区,距离万象市区约 70 公里,是天然的旅游度假胜地。

忆江南·老挝军事博物馆①

博物馆，
室外雄风展。
武器装备诉历史，
英勇斗争绘画卷。
和平开新天。

——2017 年 11 月 24 日

---

①老挝军事博物馆位于万象市，其前身是老挝革命博物馆，是隶属于老挝军方的博物馆。里面的武器设备虽然相对简陋，但其建筑在万象还算是宏伟气派。

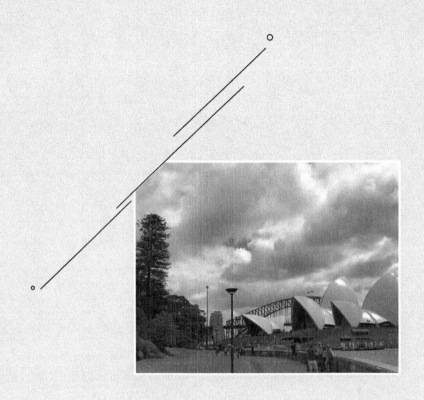

澳大利亚异国情
大美风光不虚行

相思令·跨越北南半球①

北半球，
南半球，
坐飞一夜冬夏度。
逍遥跨两洲。

天悠悠，
地悠悠，
澳大利亚赏光游。
墨尔本开首。

——2018 年 2 月 24 日

---

①指由北半球西安市到达南半球墨尔本市。

踏莎行·墨尔本皇家植物园

古木参天，
绿荫掩映。
奇花异草绽芬芳。
湖中野鸭黑天鹅，
林里百鸟竞鸣唱。

草坪叠翠，
曲径回廊。
空气清新怡心房。
满眼风光惹人醉，
悠然自得游天堂。

——2018 年 2 月 24 日

墨尔本涂鸦街①

小街天不宽，
新奇艺术展。
涂鸦满墙壁，
五彩斑斓艳。

——2018 年 2 月 24 日

———————

①墨尔本涂鸦街是官方许可的涂鸦地点。整条街呈北高南低之势，狭窄的街道两边都是各式各样的涂鸦作品，这些作品大都出自当地青年的笔下，色彩鲜艳，别具一格。

圣派翠克大教堂①

圣派翠克大教堂，
主塔雄伟穿天上。
穹顶庄重宏大雅，
信徒虔诚祈祷忙。

——2018 年 2 月 24 日

---

①圣派翠克大教堂位于墨尔本市圣派翠克公园旁边，是墨尔本市区最具代表性的哥特式建筑之一，是墨尔本也是南半球最大最高的天主教堂。其大部分用青石建成，是文艺复兴时期华丽建筑风格的完美体现。

忆江南·库克船长小屋^①

墨尔本，

闹市藏小屋。

万里之遥收大礼，

库克船长祖上居。

追史驻脚步。

——2018 年 2 月 24 日

---

①库克船长小屋位于墨尔本市中心的菲茨若伊公园，始建于英国。小屋是英国航海家库克船长的故居，1728 年詹姆斯·库克就出生在英国约克夏郡的这座小屋里。这是一幢真正的小屋，简单、朴实，甚至粗糙，斜顶铺瓦，石砌墙面，暗黑的褐色透出其古老沧桑。

1934 年墨尔本建市 100 周年大庆时，澳洲知名的实业家拉塞尔爵士出资将库克船长在英国的故居买下，作为礼物送给墨尔本市民。人们把房屋小心地分拆开，把每一块建筑材料编号，由英国海运到墨尔本，依照原样组建而成新的船长小屋。

阿波罗湾①

海涛共鸣如雷动,
白浪滔天沙滩涌。
风卷云飞人同舞,
大美自然和谐融。

——2018 年 2 月 25 日

①阿波罗湾位于南澳大利亚维多利亚州南边,海湾呈半月形,风景优美,是著名的冲浪旅游胜地。

十二门徒石①

鬼斧神工造万年，
自然巧匠雕柱栏。
风吹雨打立天地，
十二门徒守海关。

——2018 年 2 月 25 日

---

①十二门徒石，别称十二使徒岩，位于澳大利亚墨尔本海岸沿线，是澳大利亚大洋路的著名地标。在大洋路坎贝尔港国家公园内的海岸线上，坐落着有千万年历史之久的由石灰石、砂岩和化石经海水风化而逐渐形成的 12 个断壁岩石。矗立在湛蓝海洋中的独立礁石，形态各异，因为其数量和形态酷似耶稣的十二门徒，因此得名"十二门徒石"。目前只有 8 座屹立不倒。

相思令·大洋路^①行

天碧蓝，
海碧蓝。
望远无尽一色连，
白云舞翩跹。

你笑脸，
我笑脸。
心神奔放忘龄年，
大洋路共欢。

——2018 年 2 月 25 日

---

①大洋路位于墨尔本市西部，是世界上最美的海滨公路，沿海岸线修成。这条路是为纪念参加第一次世界大战的士兵修建的，许多参战老兵也参与建设，于 1919 年开始动工，1932 年全线贯通。

忆江南·异国逢

异国行，
他邦故交逢。
举杯畅饮庆新春，
兄弟情谊铸永恒。
感恩存心中。

——2018 年 2 月 25 日

踏莎行·墨尔本夜色

夜色宁静，
星光灿烂。
月明风清人相恋。
远离故土情谊重，
举杯半醉不知散。

对酒当歌，
忆昔追远。
红尘知己话万千。
岁月流逝真诚在，
今夜已无眠。

——2018 年 2 月 25 日

牧　场

牧场相连起伏远，
栅栏展臂拥大圈。
羊群低头食草忙，
牛饱卧地嚼悠闲。

——2018 年 2 月 25 日

丹德农山① 观光

高山之巅沐清风，
举目海城峦成景。
巨树碧草相和谐，
心旷神怡入仙境。

——2018 年 2 月 26 日

---

①丹德农山在澳大利亚维多利亚州南部，位于墨尔本市东面。最高点的数个观景台是俯瞰墨尔本全城的绝佳地点，既可看见远方的海湾，也可看见墨尔本市中心的摩天大楼矗立在地平线上，更可在日落时分观览城里的华灯初上。

墨尔本居家小院①

丘陵起伏绿荫浓，
花草簇拥小院静。
温馨设施人性化，
世外桃源一缩影。

——2018 年 2 月 26 日

①入墨尔本华人居家小院参观，即兴感赋。

忆江南·墨尔本三天

时三天，
天赐兄弟缘。
人生难得遇知已，
红白酒举共欢颜。
友谊存心间。

——2018 年 2 月 26 日

凯恩斯①

三面环山一面海，
红树林密好生态。
天净云洁空气新，
欢迎远客敞热怀。

——2018 年 2 月 27 日

---

①凯恩斯位于澳大利亚昆士兰州北部约克角半岛东海岸，是
前往大堡礁的必经之地，为进出澳大利亚主要的国际门户之一。

直升机低空观大堡礁①

机声轰鸣如雷动，
迎风起航低空行。
白云懒散舒广袖，
海浪座下舞轻盈。
五光十色大堡礁，
珊瑚娇艳满柔情。
恍惚不知身何处，
疑似误入龙王宫。

——2018 年 2 月 27 日

---

①大堡礁，是世界上最大、最长的珊瑚礁群，世界七大自然景
观之一，又被称为"透明清澈的海中野生王国"。

凯恩斯海边椰树

临海挺拔腰杆直，
顶天立地不服输。
狂风暴雨任吹打，
扎根滩涂堤岸固。

——2018 年 2 月 27 日

凯恩斯夜泳

凯恩斯夜热浪袭，
酒店泳池展身臂。
仰游望天星云伴，
心神荡漾消暑气。

——2018 年 2 月 27 日

凯恩斯棕榈湾①

海风拂面送清爽，
碧波万顷拥翠浪。
鸥飞燕翔竞风流，
巨轮乘风向远航。

——2018 年 2 月 27 日

①棕榈湾位于澳大利亚昆士兰州凯恩斯北方的海滨，小小的棕榈湾被热带雨林、棕榈树和白色的沙滩围绕着。

踏莎行·大堡礁行

沐浴朝阳，
游船出港。
青山护送清风扬。
大堡礁绿招手迎，
碧波万顷掌声响。

船顶观光，
心胸宽广。
海天世界云呈祥。
融入大美自然中，
和谐共荣万世享。

——2018 年 2 月 28 日

玻璃船海底观光

小船底透亮，
海底喜观光。
水草绿茂盛，
动物万千样。
鱼儿任自由，
珊瑚娇姿放。
五彩眼花乱，
梦幻共徜徉。

——2018 年 2 月 28 日

大堡礁海中潜水

潜入海中看世界，
另类风光入眼来。
手抚海草水中绿，
摇曳小树喜开怀。
鱼儿千种游姿娇，
珊瑚万彩媚百态。
欲擒龙王女回归，
水性有限力无奈。

——2018 年 2 月 28 日

大堡礁绿岛①

四周拥沙金，
海中凝绿翠。
树林蔽日天，
仙境特色美。

——2018 年 2 月 28 日

①大堡礁水域的绿岛位于凯恩斯东北方 27 公里处，是大堡礁珊瑚礁群中唯一珊瑚礁和热带雨林共存的珊瑚岛，以其沙滩上细腻的白沙而闻名。

忆江南·凯恩斯阵雨

雨洗尘，
凯恩斯更美。
青山云岚似轻纱，
微风拂面心神醉。
游人不思归。

——2018 年 2 月 28 日

忆江南·客机上观凯恩斯近海

水湛蓝，
礁盘海中嵌。
阳光照射生宝气，
翠绿反光绝色艳。
仙境落人间。

——2018 年 3 月 1 日

踏莎行·初达布里斯班^①

布里斯班，
开怀迎远。
天空湛蓝白云淡。
水网纵横临大海，
视野开阔望无限。

阳光灿烂，
绿树满眼。
昆士兰州面积宽。
生态和谐共一色，
车行左右少人烟。

——2018 年 3 月 1 日

————————

①布里斯班是澳大利亚昆士兰州首府，位于澳大利亚东北部，北缘阳光海岸，南邻国际观光胜地黄金海岸市。

忆江南·黄金海岸①午后太阳

金海岸，
骄阳当头照。
热汗奔流湿衣衫，
好似桑拿温度高。
酷暑中难熬。

——2018 年 3 月 1 日

①澳大利亚黄金海岸位于澳大利亚东部海岸中段、布里斯班以南，由数十个美丽的沙滩组成，绵延42公里，以金色沙滩而得名。

近观考拉①

绿枝丛中观考拉，
憨态可掬小样傻。
有吃有睡有躲藏，
世界独有甲天下。

——2018 年 3 月 1 日

---

①树袋熊，中文音译"考拉"，又被称为可拉熊、无尾熊、树懒熊，是澳大利亚的国宝，也是澳大利亚奇特的珍贵原始树栖动物。因为树袋熊从它们取食的桉树叶中获得所需的 90% 的水分，只在生病和干旱的时候喝水，所以当地人称它"克瓦勒"，意思是"不喝水"。

细观袋鼠①

鼠形体巨有利爪，
腹部育儿袋子大。
屈腰慢行跳跃远，
勇往直前走天下。

——2018 年 3 月 1 日

---

①袋鼠是一种属于袋鼠目的有袋动物，主要分布于澳大利亚大陆和巴布亚新几内亚的部分地区。其中有些种类为澳大利亚独有。不同种类的袋鼠在澳大利亚各种不同的自然环境中生活。

土著人①表演

长发披肩面绘彩，
赤膊裸腿造势大。
原始乐器承悠远，
敲击歌舞掌声嘉。

——2018 年 3 月 1 日

①澳大利亚土著人是澳大利亚最早的居民，他们属游牧民族，没有固定的居住点，分散在整个澳大利亚。土著人传统上以打猎和采集为生。

乘直升机观黄金海岸

扶摇直上登九天，
黄金海岸初入眼。
俯瞰阅览真面目，
一道亮丽风景线。

——2018 年 3 月 1 日

清平乐·金海岸之夜

海风吹过，
夕阳余晖落。
金海岸边休闲坐，
逍遥自在快活。

月光羞涩朦胧，
碧波荡漾滚动。
享受自然恩赐，
金海岸旁入梦。

——2018 年 3 月 1 日

生查子·上元节①

又逢上元节，
万家灯火灿。
微信飞天来，
恭贺明月圆。
昨年在故乡，
阖家同乐欢。
今日异国游，
万里共婵娟。

——2018 年 3 月 2 日

① 2018 年 3 月 2 日为中国的传统节日——元宵节，也称上元节。笔者于澳洲感赋。

黄金海岸赏冲浪

涛声低沉鸣，
白浪滔天涌。
勇者直奋起，
偏向险中行。

——2018 年 3 月 2 日

踏莎行·布里斯班南岸公园

风光旖旎，
大河奔海。
南岸公园独异彩。
绿树掩映曲径幽，
回廊折转天地开。

信步漫游，
古典现代。
鸟儿鸣唱各欢快。
萍水相逢互笑容，
人类和谐共未来。

——2018 年 3 月 2 日

袋鼠角①

袋鼠角处已无鼠，
昔日猎杀位于此。
居高俯视对岸城，
高楼大厦书新史。

——2018 年 3 月 2 日

---

①袋鼠角是布里斯班河的一个河套。其地势较高，可以俯瞰美丽的布里斯班河和对岸的高楼群，是一个观看整个布里斯班城市风光和河流风光的观光点。这里虽然叫袋鼠角，但遗憾的是在这里寻找不到袋鼠，它其实就是布里斯班河转弯形成的袋形地带。

据说袋鼠角曾是政府捕杀袋鼠的地方。以前这里袋鼠成灾，影响了人们的生活，政府就把袋鼠向袋鼠角赶，袋鼠或者掉下悬崖，或者被围杀。所以后来当地就有了"故事桥上无故事，袋鼠角里没袋鼠"的俏皮话。

悉尼圣玛丽大教堂①

气势恢宏大教堂，
"哥特式"风穹顶广。
精雕细刻用工巧，
庄重大方铸辉煌。

——2018 年 3 月 5 日

---

①圣玛丽大教堂，又被称为澳大利亚天主教堂之母，始建于
1821 年，重建工程于 1865 年开始，耗时 60 多年，于 1928 年完成。
大教堂位于澳大利亚悉尼市学院街与阿尔伯特王子路的街角处，
是悉尼大主教的所在地、悉尼天主教社区的精神家园，也是澳大利
亚规模最大、最古老的宗教建筑。

悉尼军港①

战舰立海劈波浪，
海风劲吹旗帜扬。
俯瞰巨型水中物，
钢铁身骨展力量。

——2018 年 3 月 5 日

———————

①悉尼军港，又称杰克逊港，东临太平洋，西面 20 公里为巴拉玛特河，南北两面是悉尼最繁华的中心地带。

悉尼海德公园喷泉①

喷泉抛射珠露淋，
风笛悠扬招游人。
力量雕塑展雄风，
异国情调奇风韵。

——2018 年 3 月 5 日

---

①悉尼海德公园位于悉尼市中心的东侧，始建于 1810 年，已有 200 多年的历史。公园内有大片洁净的草坪、百年以上的参天大树，是休闲的好去处。

悉尼塔①

悉尼最高点，
视野极目宽。
水城两相映，
云绕天际远。

——2018 年 3 月 5 日

---

①悉尼塔位于澳大利亚悉尼市中心，坐落在悉尼购物中心的中央点上，由重达 7 吨的 56 根巨缆支撑，高 304.8 米，是澳大利亚乃至南半球最高的建筑物。

悉尼大学①

世界名校澳洲首，
人才辈出竞风流。
科技创新不停步，
后浪推前劲更足。

——2018 年 3 月 5 日

———————

①悉尼大学始建于 1850 年，是坐落于南半球金融、贸易与旅游中心澳大利亚新南威尔士州首府悉尼的世界著名公立研究型大学，也是澳大利亚和大洋洲的第一所大学。

悉尼歌剧院①

远望群帆携手渡，
近看巨贝立潮头。
世界文化新遗产，
独特风格自风流。

——2018 年 3 月 5 日

①悉尼歌剧院位于悉尼市区北部，由丹麦建筑师约恩·乌松设计，贝壳形屋顶下方是剧院和厅室的水上综合建筑。

踏莎行·游艇观光

徐徐出港,
举目四望。
风光旖旎入眼房。
海港大桥①飞南北,
铁龙汽车各奔忙。

游艇穿航,
尾卷白浪。
歌剧院帆已开张。
群楼比肩欲参天,
游人笑颜共绽放。

——2018 年 3 月 5 日

———————

①悉尼大桥,也称悉尼海港大桥,位于澳大利亚悉尼的杰克逊海港,是号称世界第一单孔拱桥的宏伟大桥。这座大桥 1932 年竣工,是连接港口南北两岸的重要桥梁。

忆江南·游艇西餐

品西餐，
三道美味鲜。
大虾时蔬土豆鱼，
奶油蛋糕甜柔软。
红酒添笑脸。

——2018 年 3 月 5 日

悉尼夜色

星火闪烁夜无眠，
风扬水波动影变。
船艇灯光游不停，
疑是银河落人间。

——2018 年 3 月 5 日

过卧龙岗森林①

重峦叠嶂云飞扬，
阳光阵雨争登场。
满目苍翠望不透，
路转车盘满风光。

——2018 年 3 月 6 日

①卧龙岗，这个名字源于当地土著语言，意为"海之声"。卧龙岗地形独特，在海平面之上的悬崖部分仍保留着相对自然的状态，长满了植物。笔者乘车从悉尼赴卧龙岗途经森林，阳光阵雨交替，风景别样。

海鸥迎宾

万里远客来,
海鸥展翅开。
翩翩飞姿俏,
游人喜开怀。

——2018 年 3 月 6 日

清平乐·卧龙岗海岸人文自然共荣

青山葱茏，
大海扬涛声。
海塔雄伟冲天耸，
古炮岿然不动。

阵风频掀衣领，
海鸥飞跃声鸣。
自然人文和谐，
激动欢欣乐共。

——2018 年 3 月 6 日

悉尼市中心区大街商店观光

大街一线天，
高楼密相参。
男女商品分，
各自独立店。

——2018 年 3 月 6 日

悉尼街道广场卖唱

乐器独奏演，
歌声自醉恋。
广场大舞台，
文化风景线。

——2018 年 3 月 6 日

悉尼街头行为艺术

行为艺术风韵独，
造型别致立街头。
驻足欣赏大活人，
动作变化似雕塑。

——2018 年 3 月 7 日

悉尼皇家植物园①

悉尼皇家植物园，

巨树粗壮冠遮天。

鲜花绿植目不暇，

百鸟鸣唱互争先。

沙生造型各特异，

池塘水清映碧蓝。

自然清香沁心脾，

世外桃源入人间。

——2018 年 3 月 7 日

①悉尼皇家植物园位于澳大利亚悉尼国王公园旁边,始建于
1806 年。植物园整体地形呈蟹钳状,由南向北将美丽的维多利亚
港湾吞入腹中,著名的悉尼歌剧院位于植物园的西北面。

忆江南·巨树

世罕见，
粗壮稳如山。
巨枝横弯蛟龙出，
昂首高耸入云端。
自然生震撼。

——2018 年 3 月 7 日

清平乐·悉尼歌剧院旁观光

阳光时隐，
海风爽心身。
白云蓝天舞秀裙，
碧波白浪翻滚。

飞机天上轰鸣，
水面舰艇驰行。
天地自然人和，
融入胜境美景。

——2018 年 3 月 7 日

悉尼街头乞丐

街头行人匆或慢，
廊沿柱下乞丐现。
蓬头垢面坐或跪，
举杯摆盒讨小钱。

——2018 年 3 月 7 日

街头公园小憩

午阳偏西斜，
公园幽静雅。
绿草青透翠，
闹市坐观花。

——2018 年 3 月 7 日

悉尼启归程

归心似箭启程早，
通关顺利去淘宝。
免税店中寻所需，
满足心意澳元抛。

——2018 年 3 月 8 日

相思令·澳洲行归

山也迎，
水也迎。
游历澳洲归古城，
一路皆顺风。

赏美景，
亲美景。
温馨和谐笑从容，
有缘再相逢。

——2018 年 3 月 8 日

美丽清新新西兰
世外桃源落人间

飞机上共度元宵夜①

正月十五挂红灯，

五洲四海同喜庆。

穿云破雾登九天，

机上览月别样情。

小菜干果美味聚，

举杯畅饮酒一瓶。

天涯海角共此时，

空中元宵节永铭。

——2018 年 3 月 2 日

---

① 2018 年 3 月 2 日为中国的传统节日元宵节，笔者一行由澳大利亚乘机前往新西兰的奥克兰市，在新西兰海域上空度过了难忘的元宵佳节夜晚。

奥克兰晨①

晨风拂面云轻盈，
旗帜漫舞听鸟鸣。
空气湿润满目翠，
吐故纳新心神净。

——2018 年 3 月 3 日

---

①奥克兰,新西兰第一大城市,是全世界拥有帆船数量最多的城市,故又被称为"风帆之都"。它是南半球主要的交通航运枢纽,也是南半球最大的港口之一,世界著名的国际大都市。

相思令·新西兰北岛^①牧场

牛一群，
马一群。
无尽草场绿如茵，
连绵青翠嫩。

天也新，
地也新。
和谐画卷醉游人，
无处不诗韵。

——2018 年 3 月 3 日

---

　　①新西兰北岛是新西兰两大主岛中北端的一个，位于西南太平洋上，是融多姿多彩的风光美景于一身的海岛。

霍比屯①

湛蓝天空云舒卷，
大地起伏绿漫远。
树影溪流池水清，
蝴蝶野花竞争艳。
草覆藤缠小屋静，
瓜果蔬菜何等鲜。
人间天堂霍比屯，
世外桃源不虚传。

——2018 年 3 月 3 日

---

①霍比屯位于新西兰北岛的玛塔玛塔镇附近，距奥克兰仅 2 小时的车程。霍比屯是新西兰籍大导演彼得·杰克逊的得意之作《指环王》三部曲和《霍比特人》三部曲的取景地。

参观奇异鸟①

奇特生命历辛艰，
异常基因传代难。
鸟蛋体重比独特，
保护物种莫迟缓。

——2018 年 3 月 3 日

————————

①奇异鸟，又叫几维鸟，是新西兰的国鸟。奇异鸟因其尖锐的
叫声而得名，是世界上唯一鼻孔长在嘴上的鸟类，寿命可达 30 年，
是长寿的鸟类之一。

彩虹泉公园①

火山运动生变幻，
彩虹泉水历久年。
晶莹剔透涌不停，
天地共孕味纯甘。

——2018 年 3 月 3 日

①彩虹泉公园是新西兰罗托鲁阿著名的旅游胜地，建于 1928 年。它是世界上最大的养鳟场，饲养着各式各样的鳟鱼，游人可以观赏在自然状态下生存的鳟鱼。

罗托鲁阿市政厅广场①

英式小楼立广场，
草坪绿毯凝翠光。
鲜花盛开清静雅，
赏心悦目神气爽。

——2018 年 3 月 3 日

---

①罗托鲁阿市政厅广场绿草坪上有一座伊丽莎白时代风格的建筑，十分精致。广场前面的草坪平整翠绿，周围鲜花盛开，空气清新，人们可以在这里休闲游玩。

清平乐·罗托鲁阿红木森林①

罗托鲁阿，
红林壮天下。
移植百年生长佳，
茂密参天挺拔。

树倒生命顽强，
旧体孕育新壮。
一排七株昂首，
植物奇观绽放。

——2018 年 3 月 3 日

①罗托鲁阿，是新西兰北岛中北部的一座工业城市，也是毛利人的聚居区和著名的旅游胜地。

红木森林，是位于新西兰罗托鲁阿的一处森林。新西兰人在罗托鲁阿种植了 170 多种不同的树木，希望能够验证出哪种树最适应在新西兰罗托鲁阿生长，尤其是适应罗托鲁阿这个地热资源丰富的地区。结果是红木森林是适应性最强的树种，现在红木森林已成为人们散步或者进行山地自行车锻炼的好地方。在红木森林的入口不远处，有一棵被雷劈倒的红木树，在它倒下的躯干上又长出了另外七棵红木树，它们列队高耸，叹为奇观。

罗托鲁阿湖①

罗托鲁阿湖宽广，
清风逐波卷碧浪。
黑鸭天鹅悠闲游，
水鸟自由任飞翔。

——2018 年 3 月 4 日

---

①罗托鲁阿湖面积为 23 平方公里，其中心是摩库伊阿岛，这个岛是新西兰流传的一个最伟大的爱情故事的发生地。

地热喷泉①

自然威力大无边，
地热喷涌热冲天。
硫黄味浓凝结晶，
居高临下赏奇观。

——2018 年 3 月 4 日

---

①罗托鲁阿火山喷泉位于新西兰北岛中北部的罗托鲁阿市。该市地处火山多发区,遍布热泉,而且是著名的火山地热喷泉。罗托鲁阿市以其独特的地热温泉景观闻名于世。

毛利人表演①

彪悍豪放体壮硕，
庄重仪式迎众客。
刚劲舞姿神情异，
身体扭动笑颜乐。
短棒甩球秀技巧，
男女音韵共高歌。
游人参与学技艺，
异国他乡相融合。

——2018 年 3 月 4 日

_____

①毛利人是新西兰的土著人，是这片土地最早的主人。

罗托鲁阿山山顶观光①

山光水色入画廊，
登高吐纳气飞扬。
伸手一跃可摸天，
白云漫舞共徜徉。

——2018 年 3 月 4 日

———————————

①罗托鲁阿山，是南半球最著名的泥火山，站在罗托鲁阿山山顶俯瞰，罗托鲁阿湖和罗托鲁阿市的景色尽收眼底。

罗托鲁阿山山顶餐

罗托鲁阿山之上，
特色牛排共品尝。
酒庄自酿醇色红，
举杯同饮情谊长。

——2018 年 3 月 4 日

奥克兰工党纪念碑①

山顶高耸纪念碑，
工党领袖民为本。
三高②惠及大发展，
百姓不忘奠基人。

——2018 年 3 月 4 日

————————

①奥克兰工党纪念碑,坐落于奥克兰的迈克尔·乔瑟夫公园内。
②迈克尔·乔瑟夫·萨文奇提出了有名的三高政策:高收入、高税收、高福利。这项政策是在所有的发达国家中第一个提出的,为新西兰的发展奠定了基础。

忆江南·帕内尔玫瑰花园①

玫瑰花，

姹紫嫣红佳。

香气扑鼻醉游人，

放飞心情拥抱它。

归途乃无暇。

——2018 年 3 月 4 日

---

①帕内尔玫瑰花园位于奥克兰市，花园内种植着 5000 多株色
彩艳丽的玫瑰，最佳观赏时期是每年 11 月至次年 3 月，其间整个花
园里百花齐放，分外妖娆，美不胜收，令游客恍如置身童话世界。

踏莎行·观澳新游影像

风光旖旎，
美景无限。
蓝天白云仙境间。
人间天堂澳新行，
心旷神怡入自然。

绿水青山，
笑容灿烂。
逍遥醉入忘忧烦。
世外桃源美不尽，
不虚此行铭心田。

——2018 年 4 月 3 日

昔日日不落帝国
古老现代相融合

忆江南·浪漫行①

天湛蓝，
云彩躲无踪。
乘机飞行八小时，
赫尔辛基又重逢。
温馨浪漫行。

——2018 年 5 月 31 日

---

① 2018 年 5 月 31 日从西安乘机，开始"英格兰深度文化之旅"浪漫行程，飞机在赫尔辛基中转。赫尔辛基，芬兰首都及芬兰第一大城市，毗邻波罗的海，是一座古典美与现代文明融为一体的都市，又是一座都市建筑与自然风光巧妙结合在一起的花园城市。笔者 2004 年曾随陕西省医药代表团赴芬兰考察，故此次中转是第二次踏上赫尔辛基的土地。

踏莎行·西安飞达伦敦

沐浴朝霞，
启行远方。
蓝天白云共吉祥。
乘机飞英停芬兰，
终降希思罗机场。

和谐之旅，
心神飞扬。
欣喜平顺入异邦。
翠绿满眼空气新，
晚风拂面享清凉。

——2018 年 5 月 31 日

心回少年

花甲团队聚"玩童"，
六一开启伦敦行。
岁月如歌历风霜，
心回少年乐其中。

——2018 年 6 月 1 日

伦敦市郊早晨

清晨薄雾漫伦敦，
绿树草坪润清新。
田园野花传芬芳，
小巧玲珑满温馨。

——2018 年 6 月 1 日

清平乐·温莎城堡①

温莎城堡，
历经数王朝。
一脉相承逐浪高，
而今游人如潮。

斑驳石墙环绕，
巍峨雄壮耸高。
珍宝琳琅满目，
昔日辉煌闪耀。

——2018 年 6 月 1 日

---

①温莎城堡位于英国英格兰东南部，目前是英国王室温莎王朝的家族城堡，也是现今世界上有人居住的最大城堡。

巨石阵^①

巨石从天降，
圆阵布迷茫。
何方神仙造，
奇迹永留芳。

——2018 年 6 月 1 日

①巨石阵,又称索尔兹伯里石环、环状列石、太阳神庙、史前石桌、斯通亨治石栏、斯托肯立石圈等,是欧洲著名的史前时代文化神庙遗址,位于英格兰威尔特郡索尔兹伯里平原。

雷丁小镇①

雨后天晴气新宁，
满目青翠入雷丁。
傍晚店铺门多闭，
晚霞洒金涂小城。

——2018 年 6 月 1 日

---

　　①雷丁，英国英格兰东南区域伯克郡的自治市镇，是一座非常小巧的城市。因为规模小，至今雷丁还没有获得"市"的身份，仍然是"镇"的建制。

牛津殉道纪念塔①

塔立街心耸云端，
雕像凝神思想传。
烈火化身求真谛，
信仰至上留人间。

——2018 年 6 月 2 日

① 牛津殉道纪念塔位于英国牛津的圣吉尔斯街、抹大拉街和博蒙街交会处，牛津大学贝利奥尔学院外，建于 1843 年，是维多利亚哥特式风格。

踏莎行·牛津大学

牛津大学，
历史悠长。
誉满全球出巨匠。
政商领袖摇篮地，
无数大师获诺奖。

独立学院，
遍布街巷。
三十余家成联邦。
独领风骚立世界，
天之骄子任飞翔。

——2018 年 6 月 2 日

阿什莫林博物馆①

艺术雕塑形神兼，
精品文物吸双眼。
世界各地珍奇聚，
赏未尽兴时有限。

——2018 年 6 月 2 日

---

①牛津大学阿什莫林博物馆全称为"阿什莫林博物馆艺术与考古博物馆"。创建于 1683 年,位于英国牛津市中心的博蒙特街上,是英国第一个公共博物馆,也是世界上最早的公共博物馆之一,同时是世界上规模最大、藏品最丰富的一座大学博物馆,馆内收藏了大量东西方的珍贵文物和艺术作品。

丘吉尔庄园①

典雅城堡大气豪，

名门望族功勋耀。

皇家猎场变庄园，

碧水清流半环绕。

古木参天密不透，

草坪绿翠白云飘。

奇花异草小动物，

天地人和共逍遥。

——2018 年 6 月 2 日

---

①丘吉尔庄园也称为布伦海姆宫。占地 2100 英亩，已被联合国列为世界文化遗产。1705 年，当时的安妮女王将牛津附近数百公顷的皇家猎场赐予了马尔伯勒公爵一世约翰·丘吉尔（温斯顿·丘吉尔的祖先），以表彰和嘉奖马尔伯勒公爵一世赢得了 1704 年的"布伦海姆之战"的伟大胜利，并修建了丘吉尔庄园。

英国小镇^①晨观露珠

小竹伸展青翠新，
晨露晶莹枝头缀。
朝霞映照穿宝珠，
一幅奇画惹人醉。

——2018 年 6 月 3 日

---

①指米尔顿·凯恩斯镇。该镇位于英格兰中部，为英国的经济重镇，还是该国新城镇建设的成功典范。环绕城镇的是茂密的森林，十几个人工湖点缀其间，风景秀美。

踏莎行·温德米尔湖①

湖光山色，
交相辉映。
游艇穿梭犁波浪。
天鹅野鸭水中游，
海鸥展翅空中翔。

蓝天白云，
清风飞扬。
举目环顾心神爽。
温德米尔湖仙境，
置身其中忧烦忘。

——2018 年 6 月 3 日

---

①温德米尔湖位于坎布里亚行政郡湖区东南部，爱尔兰海以
东，英格兰西北部湖泊区以内，是英格兰最大的湖泊。

喂天鹅

湖波清澈荡漾，
天鹅信步岸旁。
追逐游人觅食，
大美世界共享。

——2018 年 6 月 3 日

踏莎行·凯斯维克小镇①

山水之间，
古老石房。
绿林掩映溪水淌。
云飞岚流变不停，
草场绿翠牛羊壮。

道路起伏，
林木搭凉。
山花烂漫绽芬芳。
空气含湿润心肺，
车行画中思飞扬。

——2018 年 6 月 3 日

---

①凯斯维克小镇是英国湖区国家公园湖区北部最大的城镇，
一个维多利亚时期的古老市镇,周边有数条林间小道通向附近的
断崖和瀑布。

忆江南·德文特湖^①畔

湖波荡，
悠闲坐水旁。
清风徐来扑脸面，
自然润气涌心房。
融入半仙当。

——2018 年 6 月 3 日

————————

①德文特湖位于英国湖区国家公园内,是英格兰坎布里亚行政郡坎伯兰历史郡湖泊。

彭里斯小镇清晨①

曙光云动露晶莹，
清香淡雅扑鼻中。
百鸟欢鸣竞高歌，
花儿含笑绽娇容。

——2018 年 6 月 4 日

①彭里斯小镇,是位于英格兰西北部坎布里亚郡的小镇。

约克大教堂①

哥特建筑高穿云，
四周雕品细入微。
石材柱壮立天地，
穹顶经纬映金辉。
木刻精品巧工妙，
汉白玉像绽放美。
玻窗七彩绘世界，
地下宫殿史深邃。

——2018 年 6 月 4 日

①约克大教堂，又称圣彼得大教堂，是欧洲现存最大的中世纪时期的教堂，也是世界上设计和建筑艺术最精湛的教堂之一。

约克古城墙①

石城耸立千载悠，
斑驳印迹话春秋。
风吹雨打雄风在，
不尽人流追史游。

——2018 年 6 月 4 日

①约克是英国最著名的历史文化名城之一。约克的古城墙是
整个英格兰古城墙中保留最完整、线路最长的。

约克女帽店

古典奢华雅，
女冠集精华。
装饰秀奇巧，
美感甲天下。

——2018 年 6 月 4 日

约克气候

风起云飞扬，
浑身透心凉。
单衣难御寒，
厚衣全加上。

——2018 年 6 月 4 日

利兹①印象

古朴现代互交融，
建筑风格大厚重。
青铜雕塑形传神，
崇尚科学风气盛。

——2018 年 6 月 4 日

①利兹是英国英格兰西约克郡首府，英国第三大城市，是英国
第二大金融中心和第二大法律中心。

剑河荡舟①

剑河清波泛小舟，
小桥迎送似梦游。
徐风亲面柳枝舞，
无限风光吸眼球。
帅哥舵手巧用力，
水上行动任自由。
品味诗境意未尽，
不觉已停到码头。

——2018 年 6 月 5 日

①剑河流经剑桥大学，河面较为宽阔，水流平缓，河岸两边尽是剑桥大学校园的华丽建筑，即后园景观。

剑桥大学观光

剑桥大学聚俊秀，
古老现代一目收。
蚱蜢钟①示时光逝，
勤奋学子争上游。

——2018 年 6 月 5 日

---

①剑桥大学圣体钟，又称"蚱蜢钟"，是位于剑桥大学基督圣体学院泰勒图书馆外面街道上的一个大型雕塑时钟，是剑桥的标志性景点，类似公共艺术作品，2008 年建成时由霍金揭幕。

剑桥大学古典考古博物馆①

雕塑大世界，
万千不同态。
艺术妙手巧，
神奇满眼开。

——2018 年 6 月 5 日

———————

①剑桥大学古典考古博物馆是剑桥大学古典学院的美术馆。其中收藏了许多古希腊和古罗马时期的雕塑，同时也藏有 19 世纪世界其他地方文物的复制品。

踏莎行·大英博物馆①

历史悠久，
宏伟英博。
文物珍品藏众多。
世界各地精华集，
穿越时空眼前过。

目不暇接，
纵横交错。
陈列展室一百多。
寰球文明共创造，
一览无余视开阔。

——2018 年 6 月 6 日

①大英博物馆，又名不列颠博物馆，位于英国伦敦新牛津大街北面的罗素广场。成立于 1753 年，1759 年 1 月 15 日起正式对公众开放，是世界上历史最悠久、规模最宏伟的综合性博物馆，也是世界上规模最大、最著名的四大博物馆之一。

伦敦牛津街①

车水人流各匆忙，
万品汇集大卖场。
世界名牌领风骚，
追逐时髦新潮扬。

——2018 年 6 月 6 日

---

①牛津街是英国首要的购物街,历史上作为伦敦西城到牛津的道路而存在,逐渐发展成商业街。

伦敦摄政街①

伦敦摄政街上行，
米字旗帜轻舞动。
脚下和平鸽信步，
商贸和谐共繁荣。

——2018 年 6 月 6 日

①摄政街也译作丽晶街，是位于英国首都伦敦西区的一条
街道。

伦敦品茶

伦敦晚霞红，
推窗沐凉风。
一杯英式茶，
独特味无穷。

——2018 年 6 月 6 日

许还山伦敦讲电影①

许翁八秩气如虹，
还原艺术不老情。
山高水长学无止，
言传身教传正能。

——2018 年 6 月 7 日

———————————

①许还山,1937 年 7 月 13 日出生于江西乐平,毕业于北京电
影学院。中国当代著名表演艺术家、导演。

维多利亚和阿尔伯特博物馆①

工艺美术精品集，
琳琅满目各传奇。
宝石纤巧光辉耀，
瓷器万种风情异。
家居服饰各特色，
油画作品色彩丽。
雕塑陶刻形逼真，
人类文明彰显齐。

——2018 年 6 月 7 日

————————

①维多利亚和阿尔伯特博物馆位于英国伦敦，它的规模仅次
于大英博物馆，是英国第二大国立博物馆。

忆江南·伦敦诺丁山①

诺丁山，
浪漫故事传。
王公贵族爱巢地，
历史长河已变迁。
信步叹巨变。

——2018 年 6 月 7 日

———————————

①诺丁山是英国伦敦西区地名,靠近海德公园西北角,因地势较高而得名,其实那里并没有山。这是一个世界各地居民混居区域,以一年一度的嘉年华盛会著称。

伦敦波特贝罗跳蚤市场①

小街商店多，
门面摆百货。
古董饰品衣，
游人各所得。

——2018 年 6 月 7 日

①波特贝罗跳蚤市场地处伦敦西部诺丁山的中心地带，是伦敦乃至英国最有名的露天集市之一。

叶广芩伦敦讲文学①

文学大家游伦敦，
博闻识广究细微。
书香黄芩皆良药，
积淀深厚思深邃。

——2018 年 6 月 8 日

———————————

① 叶广芩,满族,1948 年出生于北京。

白金汉宫①

雄伟白金汉宫，
英王权力象征。
广场女王雕像，
展翅重振大英。

———2018 年 6 月 8 日

———

①白金汉宫，是英国王室的王宫和居所，也是英国国家庆典和
王室欢迎礼举行场地之一。

西敏寺大教堂①

教堂历千年，
名人葬其间。
加冕庄重地，
科学家为先。

——2018 年 6 月 8 日

---

①西敏寺大教堂，坐落在伦敦泰晤士河北岸，是英国哥特式建筑的杰作，也是英国历史文物的集萃之地。西敏寺是 20 多位英国国王的墓地，也是一些著名政治家、科学家、军事家、文学家的墓地，其中有丘吉尔、牛顿、达尔文、狄更斯、布朗宁等人之墓。

英国议会大厦①

古典庄重大方，
彩旗迎风飞扬。
议会大厦之地，
英伦气质流芳。

——2018 年 6 月 8 日

———————————

①威斯敏斯特宫，又称议会大厦，位于英国伦敦的中心威斯敏斯特市。它坐落在泰晤士河西岸，是英国议会（包括上议院和下议院）的所在地。

维多利亚塔①

维多利亚塔耸立，
顶端飘扬米字旗。
女王议会经由此，
他邦游人难入地。

——2018 年 6 月 8 日

---

①维多利亚塔由查尔斯·巴里爵士设计，高 98.5 米，以重修时期的女王维多利亚之名命名，现为国会档案馆。

大本钟①

神秘大本钟，
外观觅其容。
不巧正修缮，
难掩典雅风。

——2018 年 6 月 8 日

①大本钟，即威斯敏斯特宫钟塔，坐落在泰晤士河畔，建成于1859 年，高 96 米，顶上塔楼四面装有 4 个镀金的大钟，从塔底到塔顶共有 393 级台阶。

忆江南·伦敦塔^①

伦敦塔,
石堡雄天下。
古城登高阅历史,
世界文化遗产甲。
内藏乾坤大。

——2018 年 6 月 8 日

---

①伦敦塔,是英国伦敦一座标志性的宫殿和城堡,位于伦敦泰晤士河北岸的伦敦塔桥附近。

英国碎片大厦①

独立楼林自为峰，
玻光披身闪耀明。
伦敦城内第一高，
登顶伸手可摘星。

——2018 年 6 月 8 日

① 碎片大厦，又称夏德塔、摘星塔，位于泰晤士河南岸，是伦佐·皮亚诺设计的位于伦敦桥站西南侧的摩天大楼。大厦高 309.6 米，为英国最高建筑物、欧洲第二高建筑物。

踏莎行·伦敦海德公园①

蓝天白云，
青草绿树。
阳光明媚金色铺。
湖水清波微荡漾，
举目四望心神舒。

海德公园，
祥和满布。
百鸟松鼠各自如。
青铜奔马奋蹄起，
人间天堂漫信步。

——2018 年 6 月 9 日

①伦敦海德公园,是英国伦敦最知名的公园,也是英国最大的皇家公园。

英国国家画廊①

巧夺天工艺术景，
大千世界入画中。
生活万象细入微，
慧眼神手绘无穷。

——2018 年 6 月 9 日

———————

①英国国家画廊位于伦敦市中心特拉法尔加广场，由北面的"国家画廊"和邻近的"国家肖像画廊"组成，是美术爱好者到伦敦的必游之地。

特拉法尔加广场①

特拉法尔加广场，
纳尔逊碑气昂扬。
八面来客流不尽，
威武铜狮镇四方。

———2018 年 6 月 9 日

---

①特拉法尔加广场，是英国伦敦著名广场，因经常有大量鸽子驻足，故又称为"鸽子广场"。特拉法尔加广场是为纪念著名的特拉法尔加港海战而修建的，广场最突出的标志是南端耸立的英国海军名将纳尔逊的纪念碑。碑高 53 米，碑顶是纳尔逊将军的铜像。纪念碑底四周是 4 只巨型铜狮。

伦敦唐人街①

伦敦闹市唐人街，
恰似故国乐开怀。
五星红旗迎风扬，
游在他邦气豪迈。

——2018 年 6 月 9 日

———————

①伦敦唐人街,别称伦敦中国城,是中国人在伦敦居住聚集
之地。

踏莎行·英国自然历史博物馆①

宏伟建筑，
气质不凡。
自然历史博物馆。
内纳世界动植矿，
各类标本七千万。

生物进化，
地质渐变。
目不暇接眼缭乱。
寰球激荡变永恒，
追根溯源踪迹览。

——2018 年 6 月 9 日

---

①英国自然历史博物馆，原为 1753 年创建的不列颠博物馆的一部分，1881 年由总馆分出，1963 年正式独立。

机上黎明观天

繁星闪烁布满天，
月牙东升似银船。
天际红霞初显露，
碧空万里巨画展。

——2018 年 6 月 11 日

野竹坪中营盘扎
健康管理你我他

贺"东科教授第二期健康管理训练营"开营①

学员聚集野竹坪②，
健康管理喜开营。
教授致辞传授爱，
黄总③介绍简而精。
三队庄重授大旗④，
豪言壮语启征程。
改变旧习莫迟缓，
健康到老共行动。

——2018 年 7 月 18 日

---

①2018 年 7 月 18 日"东科教授第二期健康管理训练营"在秦岭腹地、大山深处，有一块被誉为"世外桃源"的人间仙境——蓝田野竹坪村开营。笔者参加了训练营，即兴感赋。

②野竹坪村位于陕西省西安市蓝田县蓝桥镇蓝桥乡以南 5 公里的秦岭深处。

③指陕西绿歌养生文化传播有限公司总经理黄小星。

④此次参加"东科教授第二期健康管理训练营"的学员分为三组，每组都有自己的健康口号，在开营仪式上由赵东科教授给每组授旗。

踏莎行·野竹坪①

青山环抱,
溪水流淌。
凉风轻拂窗口荡。
林涛漫卷翠绿满,
夏花烂漫向太阳。

野竹坪村,
重峦叠嶂。
远离尘嚣净土藏。
风光旖旎仙境地,
世外桃源避暑乡。

——2018 年 7 月 18 日

————————

①野竹坪村四周群山环绕,通往外界的路只有一条,更显清幽
宁静。这里气候温润,植被茂密,溪水长流,环境优美,森林覆盖率
达 90%,属于纯正的"天然氧吧"。

野竹坪晨

喜鹊枝头叫醒早，
清风徐来淡岚飘。
溪水欢快顺势流，
摇曳青枝绿舞闹。

——2018 年 7 月 19 日

听东科教授"健康活到老"
专题讲座①

其一

树立健康新理念，
生活方式须改变。
科学调理法度握，
专家指导纠错偏。

其二

健康管理兴于美，
减少疾病为根本。
不治已病治未病，
系统工程②携手进。

其三

寿命必有终，

防患提前动。

健康活到老，

重要在践行。

其四

东科教授大爱行，

健康管理树新风。

理论实践共创新。

活过百岁不是梦。

——2018 年 7 月 19 日

①笔者参加"东科教授第二期健康管理训练营"，聆听赵东科教授"健康活到老"健康养生专题讲座，即兴感赋。

②健康管理是一个系统工程，相互关联，必须相互联动，携手并进，方可产生良好的效果。

野竹坪黑龙潭①

溪流汇聚跳跃变，
曲折蜿蜒顺山转。
巨石绝壁横空出，
瀑布直落黑龙潭。
水花飞溅涛声震，
山谷回荡鸣传远。
神奇自然创美景，
醉入其中喜开颜。

——2018 年 7 月 19 日

---

①黑龙潭位于蓝田县蓝桥镇野竹坪村的西面，是天然形成的，其周边自然风光优美，地貌奇特逶迤，形成一潭三瀑的奇特景观，独具世外桃源、人间仙境的旖旎风光。

忆江南·野竹坪夜空

月净明，
繁星满天空。
山风习习送清凉，
溪流潺潺奏乐鸣。
恍然入仙境。

——2018 年 7 月 20 日

聆听"健康四大基石"专题讲座

合理膳食应先行，
适宜运动莫放松。
戒烟限酒严控制，
心理平衡贯始终。

——2018 年 7 月 20 日

聆听"把住健康五道关"专题讲座

食材安全为源头，
农药污染防为首。
结构合理多样性，
低糖少脂蛋白够。
营养搭配满足需，
中药调理平衡收。
坚持科学勿迷失，
健康伴随君左右。

——2018 年 7 月 20 日

聆听"远离慢性病从饮食开始"专题讲座

慢性病发食为源,
科学饮食防病变。
食物没有谁最好,
搭配合理把好关。
平衡膳食多种类,
营养成分应齐全。
自我做起常努力,
远离疾患身康健。

——2018 年 7 月 20 日

踏莎行·野竹坪清晨徒步

迎着朝阳，
溪流伴唱。
清晨徒步奔健康。
山路蜿蜒满目翠，
传统民居林中藏。

空气倍爽，
心神飞扬。
脚下生风向前闯。
酷暑时节何处去，
秦岭深处自然凉。

——2018 年 7 月 21 日

蓝桥星火"当代愚公"纪念馆①

秦楚驿站古蓝关，
武装暴动星火燃。②
当代愚公徐余章，③
带领群众开移山。
历尽艰辛五载整，
羊肠小道今路宽。
而今走进新时代，
野竹坪村换新天。

——2018 年 7 月 21 日

---

①笔者参加"东科教授第二期健康管理训练营"期间,参观蓝桥星火"当代愚公"纪念馆感赋。

②野竹坪人文底蕴深厚,是中国共产党 20 世纪 30 年代发动"蓝桥暴动"的策源地。

③野竹坪村村支书徐余章当年带领村民们劈山开路,修出了一条出村公路。出村公路最高处像"一线天"呈现在路人面前。徐余章被誉为"当代愚公"。

聆听"医体结合慧动健康"专题讲座

人生百年健康先，
医体结合新理念。
科学适宜循序进，
切勿盲目适得反。
形体静心两相宜，
方法选择因人变。
教学互动取真经，
慧动防患于未然。

——2018 年 7 月 21 日

聆听"我的健康我做主"专题讲座

社会巨变人倍增，
崇尚健康势必行。
父母天地皆别怨，
科学饮食防慢病。
生活方式是关键，
无病长寿不是梦。
我的健康我做主，
热爱生活无疾终。

——2018 年 7 月 21 日

聆听"中医防病保健"专题讲座

远古走来传中医，
阴阳五行为基理。
辨证论治整体观，
自然社会人合一。
虚邪贼风避有时，
精气神足御病疾。
乐观向上心态稳，
吃动调宜病自离。

——2018 年 7 月 22 日

聆听"东科教授健康管理营发展展望"

健康管理训练营，
撒下种子小火星。
理论实践相结合，
效果初显惠众生。
拥抱健康工程伟，
远离慢病实现梦。
四百工程①展宏图，
任重道远重践行。

——2018 年 7 月 22 日

---

①赵东科教授的"四百工程"指：对 100 名医院院长及医师、100 名药师及药学工作者、100 名科普工作者和 100 名政府工作人员及企业家开展健康管理训练，使健康管理理念推而广之，造福社会。

相思令·天赐缘

天赐缘，
地赐缘。
共追健康情谊连，
从此共相牵。

你康健，
我康健。
科学吃动调为先，
共同追梦远。

——2018 年 7 月 22 日

忆江南·告别野竹坪①

山有情，
翠绿挥手送。
仙境居住不思归，
世外桃源不虚名。
期盼再重逢。

——2018 年 7 月 23 日

---

①"东科教授第二期健康管理训练营"圆满结束，成员乘车离开野竹坪村，大家依依不舍，期盼再次重逢，即兴填词一首。

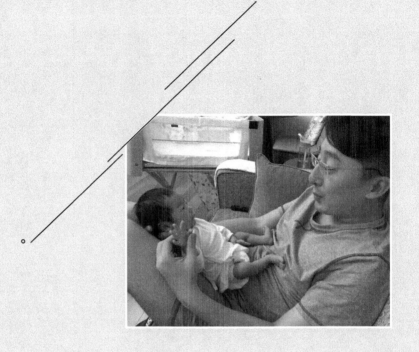

血浓于水亲情重
天伦之乐和谐融

故乡晨行①

朝阳染云红，

骊山清秀影。

天寒地冻时，

温馨亲情浓。

——2013 年 1 月 3 日

———————————

①新年伊始，晨行故乡，朝霞红云漫卷，映照清秀骊山，乡情亲情暖浓。

知恩图报

难得亲情佳节聚，
及时尽孝莫待时。
自养儿女知母恩，
莫错机会悔无知。

——2013 年 2 月 10 日

父亲节感怀①

父亲节感怀，
天伦之乐爱。
严父责如山，
慈心宽如海。
人生均不易，
儿女情长在。
祝福天下父，
知足多担待。

——2014 年 6 月 15 日

————————

①拜读诗友《甲午父亲节》，感赋一首。

真情祝福①

生日朝阳升东方，
一声祝福似暖阳。
感恩挂念常在心，
人间真情最为上。

——2014 年 12 月 3 日

① 2014 年 12 月 3 日(农历十月十二)，笔者 58 岁生日，好友
送来生日祝福，温馨暖心，回复感谢。

归 乡

晨起驱车回故乡,
冷风拂面枯叶扬。
故院棕榈依旧迎,
寻觅难得见亲娘。

——2014 年 12 月 27 日

亲情重如山

忽见舅来老宅院，
急忙迎接敬茶烟。
话语不多忆旧事，
一世亲情重如山。

——2014 年 12 月 27 日

温馨生日①

烛光轻摇曳，
玫瑰送馨香。
蛋糕比蜜甜，
生日满吉祥。

——2015 年 11 月 23 日

---

① 2015 年 11 月 23 日(农历十月十二)，笔者 59 岁生日，同窗好友相聚，温馨无限。

相思令·迎大年①

火车鸣，
汽车鸣。
神州万里喜气浓，
金猴欲出征。

摩声隆，
笑声隆。
贫穷富贵共归程，
天下重亲情。

——2016 年 2 月 3 日

---

①拜读同仁《乙未——瑞雪过大年》，感叹千里骑摩托车回家
过年的老乡，深受感动，即兴而赋。

相思令·人间情①

天有情，
地有情。
唯有人间真情重，
儿女情永恒。

诗亦颂，
词亦颂。
千秋万代不尽情，
亲情似血浓。

——2017 年 2 月 10 日

①拜读同仁听古筝曲《女儿情》赋《长相思·女儿情》词，填词一首，共颂亲情。

菩萨蛮·初夏苦菜①

立夏雨后万物润，
田园树旁苦菜嫩。
采挖正当时，
茎根涌乳白。

净制入开水，
苦涩多消退。
蒜泥诸料味，
调和清香随。

——2017 年 5 月 6 日

———————

①苦菜,为菊科植物苦定菜的嫩叶。

忆江南·兄弟姐妹论家事

夜茶饮，
欲睡思更清。
家事幕幕萦脑海，
大小件件过电影。
欲理乱丝重。

——2017 年 6 月 26 日

忆江南·祭日①

思无涯,
恩德天地长。
四载日月虽已过,
刻骨铭心念难忘。
梦中见亲娘。

——2017 年 12 月 24 日

---

① 2017 年 12 月 24 日(农历十一月初七),母亲去世 4 周年忌日,回乡祭奠母亲。

相思令·望故乡①

望故乡，
亲故乡，
天涯海角永难忘。
梦里常徜徉。

弯月亮，
圆月亮，
周游世界故乡亮。
乡愁天地长。

——2018 年 1 月 1 日

———————————

①新年伊始，观看中央电视台中文国际频道大型纪录片《记住乡愁》第四季开播特别节目，感慨万千，填词一首。

相思令·骨肉情①

千叮咛，
万叮咛。
不舍游子远方行，
最亲骨肉情。

东沐风，
西沐风。
走南闯北思无穷，
血液比水浓。

——2018 年 1 月 2 日

①元旦佳节，家人团聚，谈论起儿子 18 岁独自一人出外求学，父母千叮咛、万嘱咐，骨肉亲情相连，思绪万千。

相思令·天地久

天长久，
地长久。
乾坤方圆亘古留，
日月如水流。

你心有，
我心有。
亲情如山永守候，
冬阳送温柔。

——2018 年 1 月 9 日

陕北迎亲①

轿车披彩满堂红，
迎亲队伍喜乐共。
新娘娇羞深屋藏，
三道门槛守兵重。
众人敲屋久不开，
红包开道入房中。
出嫁将行鞋金贵，
万千祝福送女行。

——2018 年 2 月 3 日

① 2018 年 2 月 3 日(农历腊月十八)，参加爱人侄女高瑶大婚，亲历陕北榆林迎亲过程，即兴感赋。

血脉相通

周日春阳伴我行，
久未谋面思亲浓。
姑母高寿八秩九，
感恩上苍赐康宁。

——2018 年 3 月 11 日

喜添新①

夏雨清凉润长安，
吉祥宝麒②降人间。
生命传承喜添新，
天地人和共欢颜。

——2018 年 7 月 2 日

---

① 2018 年 7 月 2 日祥云漫卷，天降润雨，清凉夏日，20 时 22
分，孙女顺产出生，即兴而赋。

②孙女乳名麒麒。

父爱如山

父女四目对，
真情温馨美。
世间颂大爱，
亲血浓于水。

——2018 年 7 月 8 日

朱芷墨①

朱门喜添新，
芷香品纯真。
墨韵家风传，
茁壮成佳人。

——2018 年 7 月 9 日

①孙女办理出生证，需要申报正式名字，经共商起名朱芷墨，填词纪念。

忆江南·小天使

小天使，
与日俱增乐。
神态自若看世界，
父母大爱受益者。
天地共护呵。

——2018 年 7 月 10 日

芷墨满月

芷墨一月整,
阖家欢乐共。
小样真可爱,
活泼健康融。

——2018 年 7 月 31 日

人生知己最难得
地久天长情谊真

清平乐·学无止境

人海茫茫，
有缘成同窗。
岁月流逝三十春，
情谊陈酒更香。

事业永无止境，
毕生奉献光荣。
迈步攀登峰高，
壮志依旧从容。

——2010 年 8 月 14 日

千金易得知音难求①

千里百花香，

金玉最为上。

易取不珍贵，

得到应深藏。

知吾有几人，

音言诉衷肠。

难得两相印，

求真永久长。

——2010 年 8 月 25 日

————————

①陕西省人力资源和社会保障厅组织专家团赴四川考察期间，友人出猜字谜，猜出谜底为"千金易得，知音难求"，即兴依谜底而赋。

缘聚平安夜

细雨轻雪送吉祥，
平安夜聚共欢畅。
滴水之恩涌泉报，
有缘相逢谢上苍。

——2010 年 12 月 24 日

心随风动①

轻风带温柔，
云彩绘福图。
心随风云动，
感应共乐悠。

——2011 年 8 月 28 日

———————————

①拜读友人祝福短文，心神飞扬，即兴而赋。

友谊长久

中秋时节思念牵，
天涯咫尺心相连。
皓月当空团圆时，
友谊长久共婵娟。

——2011 年 9 月 12 日

龙腾神州①

瑞雪兆丰年，
华夏尽欢颜。
龙腾神州地，
祥云满人间。

——2012 年 1 月 23 日

---

①指农历壬辰龙年。

难忘今宵

大美新疆天地宽，
民风淳朴真诚鉴。
醇酒飘香情不尽，
难忘今宵不夜天。

——2013 年 3 月 29 日

东道真诚①

飞驾祥云落羊城，
电闪雷鸣热烈迎。
倾盆大雨洗征尘，
东道真诚情意浓。

——2014 年 7 月 1 日

---

①乘飞机赴广州出差，出机场恰逢广州大雨倾盆，东道主冒雨
相迎，情意真诚。

情深谊厚①

烛光闪烁贺寿星，
蛋糕甜蜜情更浓。
举杯共饮酒飘香，
人间难得友谊重。

——2014 年 7 月 10 日

①同窗好友生日，举杯欢庆，共忆往昔情谊。

相思令 · 大唐御品聚

夜朦胧，
月朦胧。
大唐御品灯火明，
新朋故交逢。

茗香浓，
酒香浓。
举杯畅言不了情，
有缘良宵共。

——2015 年 12 月 23 日

祝福平安

南兄①乘机将欲行，
祝福平安踏征程。
迪拜万事皆顺利，
期待归来喜相迎。

——2016 年 1 月 20 日

---

①指南景一先生。

古城重逢

岁月如梭二十年，
古城重逢喜开颜。
情谊依旧职场新，
举酒共忆话万千。

——2016 年 10 月 24 日

相思令·新朋旧友聚京城[①]

酒一杯，
茶一杯。
浓淡相宜真情水，
快乐无限美。

言相随，
笑相随。
京城共聚开心扉，
畅怀诗韵飞。

——2017 年 3 月 2 日

---

①新朋旧友相聚北京城，畅所欲言，开怀痛饮，即兴填词一首。

荷鱼共融①

诗情画意杨柳青，
池塘荷洁志独领。
群鱼竞游艺风雅，
人间正道攀高峰。

——2017 年 5 月 29 日

---

①观赏西安美术学院博士、青年画家杨志先生《荷鱼共融》画有感。

中医药康养小镇①

祥云万象聚终南，
瑞雨飞落满长安。
特色小镇蕴新意，
祖医佛心结善缘。
运筹帷幄集思广，
产文社游②铸康健。
保护发展相得益，
合作共赢开新天。

——2017 年 6 月 4 日

———————

① 笔者参加南五台"中医药康养小镇"定位座谈会感言。
② 产指健康产业，文指传统佛教文化，社指康养社区，游指当地旅游，四者统筹结合共同打造中医药健康养生小镇。

踏莎行·《中国记忆》①

华夏灿烂，
历史源远。
清奇秀俊美自然，
祖先智慧书历史。
遗产积累亿万千。

保护勿缓，
积极开展。
人人有责共向前，
天地万物同一曲。
传承文明永续延。

——2017 年 6 月 11 日

①笔者观看中央电视台科教频道重播《中国记忆》感赋。

踏莎行·山溪野炊

蓝天白云，
青山环抱。
溪流潺潺耳边闹。
酷暑难耐寻清静，
树荫之下共逍遥。

野外烧烤，
美味佳肴。
草上聚餐独风骚。
酒溢山谷笑声传，
蝴蝶恋香扑桌绕。

——2017 年 7 月 22 日

千里问候

昔日岁月已成往，
解甲心神已松绑。
晓蓉千里送问候，
同行情谊天地长。

——2017 年 8 月 3 日

踏莎行·汤峪聚

巍峨秦岭，
参差翠峰。
小桥流水树荫浓。
亭台楼阁共聚餐，
金鳟美酒听鸟鸣。

徐徐清风，
淡淡岚动。
青茗溢香心神宁。
人间仙境何处寻，
忘却世间融其中。

——2017 年 8 月 13 日

踏莎行·再相逢①

孟秋长安，
东方酒店。
同窗重逢话万千。
光阴荏苒青春去，
金陵②岁月铭心间。

红酒雅淡，
真诚杯满。
夕阳温馨度浪漫。
放飞心神任自由，
感恩天赐今生缘。

——2017 年 8 月 18 日

———————

①1981 至 1982 年，笔者和黄素高同学在南京中医药大学卫生部
中药鉴定师资班同窗学习，时隔 30 多年，黄素高同学从广西来西安，
在东方大酒店共进晚餐。同窗重逢，千言万语，即兴填词一首。
②金陵指南京。

《人生黄金二十年》感赋①

六十开启黄金年，

逍遥自在夕阳艳。

抛弃过往踏二春，

喜奔爱好天地宽。

温馨从容度日月，

恬静优雅品万千。

顺应自然共和谐，

笑迎晚霞无悔怨。

——2017 年 10 月 3 日

———————

①人生百年，仅 5 个 20 年而已。60 至 80 岁，是人生第四个 20 年，也是人生百年中唯一的黄金时代，无忧无虑，无牵无绊，是任何年龄段都无可比拟的。拜读友人发来的《人生黄金二十年》一文，有感而赋。

药研联欢晚会①

古城西安共迎春，

药研相亲一家人。

新品开发齐努力，

克坚攻难齐奋进。

锐意进取不停步，

踏石留印天地新。

而今迈步攀高峰，

追求卓越惠众民。

——2018 年 1 月 21 日

———————————

①参加步长制药研发中心与北京海步、新领先等药品研发机
构迎新春联欢晚会，气氛温馨而热烈，即兴感赋。

以诗会友开心胸
真诚箴言共追梦

夏夜同城小雨①

夏日傍晚听雨声，
叮咚忽重时而轻。
清风悄然潜入室，
温馨凉意舒心情。
同城共享及时雨，
天送惬意入甜梦。
《周末小雨》喜拜读，
人间兄弟爱好同。

——2014 年 6 月 22 日

————————

①拜读同仁诗作《周末小雨》，回赠共欢。

光阴似箭①

白驹过隙快，
时光逝无奈。
人海红尘中，
过客各精彩。

——2015 年 10 月 3 日

①拜读诗友《读傅光先生语感》文，有感而发。

狮城会①

狮城习马紧握手，
两岸同根血脉流。
风云变幻新世纪，
东方醒狮重抖擞。

——2015 年 11 月 9 日

①拜读友人《贺两岸狮城会》诗，意境独特，回赠一首，同贺习
近平、马英九狮城握手。狮城是新加坡的别称。

秋叶归①

寒风扫叶回地归，
自然规律共遵循。
变化不停乃常态，
秋去冬来共迎春。

——2015 年 11 月 11 日

---

①拜读诗友《逐叶追秋》诗，感慨自然规律不可抗拒，即兴而赋。

诗书缘①

三秩春秋岁月添，
长未谋面心互念。
诗书结缘再相逢，
冬阳温馨心田暖。

——2016 年 1 月 15 日

—————————

①30 年的朋友索笔者出版的《茗余集》(第一辑)，办公室赠书，交流畅谈，即兴而赋。

玉沙化露①

雪后云天外，
清风扫雾霾。
冬阳洒温暖，
玉沙化露开。
瑞气轻拂面，
小年迈步来。
相逢开口笑，
春归乐开怀。

——2016 年 2 月 1 日

———————

①拜读诗友《乙未小年——雪初晴》，即兴而赋。玉沙为雪的别称。

梅花开谢①

冬尽立春清气开，
梅花开谢迎新来。
阳光温馨沐大地，
万物复苏书情怀。

——2016 年 2 月 5 日

①拜读诗友《立春雪中赏梅》，即兴而赋。

忆江南·老小①

何为老，
没有统一标。
自由裁量大权握，
花甲古稀亦为小，
淡然自逍遥。

——2016 年 2 月 28 日

---

① 拜读诗友《问老不老》，填词共探。

忆江南·撇捺①

问撇捺，
智慧高无瑕。
世间万物独风骚，
真善丑恶都有他。
品德赢天下。

——2016 年 3 月 6 日

———————

① 拜读诗友《问撇捺》，填词一首。

相思令·人机围棋战①

黑亦子，
白亦子。
相互赢输分彼此，
人间乐斗智。

人下棋，
机下棋。
人机大战开新意，
机智众慧启。

——2016 年 3 月 19 日

———————————

① 拜读诗友《问人机围棋大战》，填词共乐。

西湖夜①

西湖夜不眠，
雨打灯更灿。
人间天堂行，
恰似活神仙。

——2016 年 4 月 12 日

---

①西湖位于浙江省杭州市西面，是中国大陆首批国家重点风
景名胜区和中国十大风景名胜之一。拜读同仁《夜西湖》诗一首，
即兴而赋共欢。

城　市①

水泥楼高穿苍穹，
远近高低各成峰。
千城一色无新意，
古典特色成旧梦。

——2016 年 4 月 19 日

---

①拜读诗友《现代水泥城》，和诗一首。

相思令·官权①

古之官，
今之官。
百姓盼望有青天，
神州共平安。

古有权，
今有权。
真正干事几多难，
人心是杆秤。

——2016 年 4 月 21 日

①拜读同仁《问官》，填词一首共勉。

鸟儿恋荷①

荷叶翠欲滴,
莲花洁如洗。
鸟儿恋仙境,
醉入不忍离。

——2016 年 7 月 8 日

———————————

① 夏日荷塘,荷叶翠绿,莲花清雅,鸟立花上,即景感赋。

双　影①

晨曦映双影，
一对鸽吻动。
世界生万物，
阴阳化无穷。

——2016 年 8 月 2 日

①晨曦初放,院中一对鸽鸟欢快吻动,即景而赋。

当自强①

秋雨绵绵送寒凉，
球迷声声情悲壮。
技不如人乃必败，
后辈发愤当自强。

——2016 年 10 月 6 日

---

①中国足球队与叙利亚足球队西安比赛，观后感赋。

伊金霍洛旗蒙古包①

室外寒风旌旗展，
蒙古包里温馨暖。
滚烫奶茶飘香气，
刀削羊肉味无膻。
油炸食品入口脆，
金黄酥油清澈鲜。
溢润奶皮滑软柔，
享受美食不思还。

——2016 年 11 月 9 日

①笔者参加"2016 国家食品安全示范性演练暨内蒙古自治区重大食品安全事件(二级)应急演练现场观摩会"，于伊金霍洛旗蒙古包欢聚感赋。

深圳夜景

高楼大厦耸云天，
夜灯似星银河灿。
车水马龙流不尽，
置身恍若离凡间。

——2016 年 12 月 12 日

盐田海鲜街①

蓝天碧海沐清风，
青山环抱港湾静。
海鲜美食一条街，
午餐品珍活鲜动。
红酒醇正营温馨，
推心置腹真情浓。
人生难得遇知己，
天赐良缘遇高兄②。

——2016 年 12 月 12 日

---

①盐田海鲜街位于深圳市盐田区，十几家中小型海鲜酒家全部是依海滨而建的三层小楼建筑，顶层设海景露台，人们在享受美食的同时还可以凭窗远眺碧蓝宽阔的海面、撒网垂钓的渔舟、低翔戏浪的海鸥，面海聆听巨轮临岸的长鸣和阵阵海涛拍岸的声浪，令人心旷神怡。在深圳甚至是内地，都流传着"吃海鲜，到盐田"的说法。

②指高世魁先生。

相思令·山为峰①

山为峰，
人为峰。
登高望远傲苍穹，
玉宇在胸中。

天有情，
地有情。
无限风光自然生，
和谐共相融。

——2017 年 1 月 9 日

①拜读诗友《相思令·山一程》，填词一首共勉。

清平乐·金鸡鸣春①

金鸡鸣欢，
神州喜新年。
吉祥如意大团圆，
幸福洒满人间。

岁月如梭新换，
追梦初心不变。
酒满举杯相敬，
健康快乐永远。

——2017 年 1 月 28 日

①农历丁酉鸡年正月初一拜读张淑英老师《清平乐·鸡年贺岁》，填词一首，共贺鸡年新春。

独领风骚

春风得意阳光灿，
擦拭碧空万里蓝。
一枝红花含诗韵，
独领风骚秀娇艳。

——2017 年 3 月 1 日

忆江南·旬阳好①

其一

旬阳好，
山水诗韵长。
天造太极城神奇，
万物造化循阴阳。
人间美天堂。

其二

旬阳好，
无处不风光。
汉水滋润天仙女，
秦巴汉子威武壮。
人杰地宝藏。

其三

旬阳好，
五谷杂粮香。
一曲山歌醉心窝，
民风淳朴蕴善良。
记忆永难忘。

——2017 年 4 月 17 日

---

①拜读诗友《忆江南·忆家乡》，诗友家乡是陕西省旬阳县。笔者曾数次去旬阳，填词三首《忆江南·旬阳好》。

忆江南·故乡诗友聚

诗友聚，
畅言开心扉。
天地万物皆入题，
人生古今大社会。
共颂盛世美。

——2017 年 6 月 10 日

陕北民歌①

黄土高原淳朴风，
腰鼓欢快天地动。
陕北说书话今朝，
民歌高亢传夜空。
魅力无穷音韵曲，
前浪未尽后排涌。
情歌缠绵动心扉，
快乐良宵传笑声。

——2017 年 6 月 12 日

———————————

①陕北民歌是我国民歌的一种，是广泛流传在陕北，用陕北方言唱出的一种地方歌曲，是陕北劳动人民精神、思想、感情的结晶。

踏莎行·心神从容度"四末"①

光阴似箭，
流走日月。
巧逢岁月"四末"合。
花开花谢自有时，
潮起潮落共一歌。

夕阳艳红，
晚霞四射。
随遇而安自快乐。
微笑向前心宁静，
宠辱不惊天地和。

——2017 年 6 月 30 日

---

① 2017 年 6 月 30 日是周末、月末、季末、半年末"四末"叠加
的好日子，友人发来微信助乐，即兴填词一首。

踏莎行·柞水夏凉聚

数日桑拿，
逃离古城。
求得高处清凉风。
驰车穿山赴柞水，
满目青翠喜相拥。

旧友新朋，
难得聚逢。
举杯畅饮话无穷。
莫道世界如此小，
共追健康高歌猛。

——2017 年 7 月 21 日

踏莎行·秋行爷台山①

秋风荡漾，
五谷飘香。
爷台山高水流长。
秋花脱俗枝头笑，
原野起伏卷彩浪。

田园风光，
清新富氧。
绿色食品尽情尝。
美丽淳化不虚行，
融入自然心神爽。

——2017 年 9 月 10 日

———————————
①爷台山是陕西省咸阳市淳化县东的一片山地。

相思令·辞旧迎新

日旋转，
月旋转。
时光飞逝又一年，
欣喜迎新元。

你岁添，
我岁添。
生命之光各灿烂，
诸君同共勉。

——2017 年 12 月 31 日

出席上市仪式的各位嘉宾

中华民族当自强
天翻地覆慨而慷

观看"庆祝香港回归祖国二十周年文艺晚会"①

东方之珠夜无眠，
子归母怀二十年。
流光溢彩共追梦，
沧海桑田生巨变。

——2017 年 6 月 30 日

---

① 2017 年 6 月 30 日 20 时,为庆祝香港回归祖国 20 周年,位于维多利亚港的香港会展中心举办了"庆祝香港回归祖国 20 周年文艺晚会",晚会的主题为"心连心·创未来"。

沁园春·沙场点兵①

塞上沙场，
国歌共鸣，
旌旗升空。
王师方队正，
各军兵种，
壮士雄风，
气贯长虹。
万千装备，
科技引领，
甲胄闪光天地惊。
习主席，
精气神庄重，
沙场点兵。

碧天机群竞逐，
大地钢铁洪流滚动。
烽烟漫卷起，

电子精灵，

耳聪目明，

出奇制胜。

不忘初心，

激情燃烧，

雄关漫道战必胜。

今非昔，

强军挽狂澜，

睡狮已醒。

——2017 年 7 月 30 日

① 2017 年 7 月 30 日上午 9 时，"庆祝中国人民解放军建军 90 周年阅兵"在位于内蒙古乌兰察布市四子王旗和锡林郭勒盟苏尼特右旗内的朱日和训练基地举行。

庆祝中国人民解放军建军九十周年

南昌枪声划黎明，
人民军队九秩整。
钢铁长城任打磨，
脱胎换骨豺狼惊。
听党指挥攻无敌，
保国卫民战必胜。
天翻地覆新时代，
横刀立马展雄风。

——2017 年 8 月 1 日

踏莎行·贺赵东科教授获
"优秀提案"殊荣

优秀提案，
国家高参。
不忘初心清本源。
敢为人民鼓与呼，
呕心沥血英雄胆。

深入调研，
疏理凝练。
直面见血不畏难。
百姓疾苦心上挂，
雄关漫道越千山。

——2017 年 9 月 8 日

踏莎行·厚德尚医①

传承尚医,
求新一流。
百年沧桑已飞度。
八十春秋育桃李,
救死扶伤永不休。

厚德载物,
躬耕获收。
努力攀登竞风流。
社会主义新时代,
开拓中国健康路。

——2017 年 10 月 25 日

---

① 2017 年 10 月 25 日,西安交通大学"医学教育创建 105 周年暨抗战迁陕 80 周年"誓师大会在医学校区隆重举行,大会以"高举新时代中国特色社会主义伟大旗帜,奋力构筑健康中国宏伟梦想"为主基调,以"传承·尚医·求新·一流"为主题,充分展示了西安交通大学医学教育人发扬"抗战迁陕"精神,创建一流医学学科,培育优秀医学人才,为办好党和人民满意的医学教育而努力奋斗的决心和勇气。

中国药学会成立一百一十周年①

历经艰辛征程远，
药学事业大发展。
丹心热血书历史，
不忘初心越百年。
开拓创新不停步，
锐意进取再扬帆。
砥砺前行无止境，
学海无涯开新篇。

——2017 年 11 月 5 日

---

① 2017 年 11 月 3 日至 6 日,2017 年中国药学大会暨第十
七届中国药师周、庆祝中国药学会成立 110 周年活动在陕西省
西安市开展。大会主题为"推进药学事业创新发展 共圆健康中
国伟大梦想"。

忆江南·第二十四届中国杨凌农高会①

农高会，
杨凌展创新。
一带一路东风扬，
以食为天惠生民。
和谐共迈进。

——2017 年 11 月 8 日

---

①中国杨凌农业高新科技成果博览会，简称"农高会"，由国家科技部、商务部、农业部等 17 个部委与陕西省人民政府联合举办，每年 11 月 5 日至 9 日在杨凌农业高新技术产业示范区定期举行。

二十春秋绘新章①

锣鼓齐鸣气飞扬，
龙腾中华天地荡。
双狮舞动共和谐，
大展宏图绘新章。
二十春秋创业难，
百余品规聚能量。
健康初心永不改，
志存高远创辉煌。

——2017 年 11 月 15 日

①笔者受邀赴深圳参加陕西盘龙药业集团股份有限公司首发
A 股上市答谢会暨成立 20 周年庆典会，即兴感赋。

盘龙药业上市仪式

嘉宾云集深交所，
见证上市万方贺。
开市大吉牛气冲，
盘龙腾飞奏凯歌。
砥砺前行不停步，
乘风破浪再打磨。
良心做药福报多，
百年企业众力和。

——2017 年 11 月 16 日

忆江南·西成高铁开通①

开新天，
蜀道有何难。
铁龙飞驰穿秦岭，
时空隧道越千年。
鬼神惊魂叹。

——2017 年 12 月 6 日

① 2017 年 12 月 6 日，连接西安和成都的西成高铁正式开通运营，大幅缩短旅客往返西安到成都及沿线城市的出行时间。西成高铁全长 658 公里，运营时速 250 公里，途经我国地理上最重要的南北分界线，是我国首条穿越秦岭山脉的高速铁路。

南京大屠杀纪念日国家公祭感赋①

白花黑衣静默中，
庄严肃穆聚万众。
国家公祭悼同胞，
不忘历史天地铭。
中国走进新时代，
世界共追和平梦。
警钟鸣响穿乾坤，
众志成城雄狮醒。

——2017 年 12 月 13 日

---

① 2014 年 2 月 27 日，中国十二届全国人大常委会第七次会议
通过决定：为了悼念南京大屠杀的死难者和所有在日本帝国主义
侵华战争期间惨遭日本侵略者杀戮的死难者，揭露日本侵略者的
战争罪行，牢记侵略战争给中国人民和世界人民造成的深重灾难，
表明中国人民反对侵略战争、捍卫人类尊严、维护世界和平的坚定
立场，决定将每年 12 月 13 日设立为南京大屠杀死难者国家公祭
日。2017 年 12 月 13 日为第四个国家公祭日，笔者观看"南京大屠
杀国家公祭"直播，感赋一首。

松山堂①

松柏常青兴岐黄，
山高水流润万方。
堂正品精百草汇，
佳业惠民天地长。

——2017 年 12 月 15 日

---

①指安徽亳州松山堂参茸连锁有限公司。笔者参观该公司时，被其传承中医药文化的多措并举所感动，即兴而赋。

药都亳州^①

华佗故里药史远，
南北药汇品种全。
辐射九州大市场，
网络信息应万变。
百万药农保供给，
十万药商补缺短。
太平盛世新时代，
药都亳州开新天。

——2017 年 12 月 15 日

贺"李育善散文研讨会"在京举行

文学创作耕耘勤，
故乡山水润笔韵。
风土人情老百姓，
出神入化摄人魂。

——2018 年 1 月 20 日

贺幸福制药三十年庆典^①

岁月如歌三秩载，

而立之年共开怀。

长风破浪挂云帆，

不忘初心奉献爱。

继往开来济苍生，

健康大业志不改。

卓越品质行大道，

开拓创新更豪迈。

——2018 年 1 月 28 日

---

①清华德人西安幸福制药有限公司，主要研发、生产、销售现代中药制剂、生物制剂、功能性保健食品。产品涵盖骨科、儿科、妇科、心血管科、内科、肿瘤科的临床用药。笔者参加清华德人西安幸福制药有限公司"因爱而幸福·30 年"新年音乐会暨新春团拜会时，即兴感赋。

踏莎行·贺吴芳①

英姿飒爽,
商海弄潮。
披荆斩棘勇气豪。
锐意进取建功业,
世纪盛康迈步高。

中流砥柱,
搏浪笑傲。
遇挫不屈奔目标。
天地日月共鉴证,
须眉惊叹巾帼骄。

——2018 年 2 月 10 日

———————

① 2018 年吴芳荣获"西安市首届十大女性经济人物"称号,笔者填词祝贺。

南海阅兵感赋①

海天一色波万顷，
将士列阵军威猛。
潜艇似龙跃水面，
战舰劈涛力无穷。
飞机穿空亮利剑，
航母雄壮出奇兵。
弘扬传统争一流，
人民海军战必胜。

——2018 年 4 月 12 日

---

① 2018 年 4 月 12 日上午，中央军委在南海海域隆重举行海上阅兵，展示人民海军的崭新面貌，激发全体民众强国强军的坚定信念。中共中央总书记、国家主席、中央军委主席习近平检阅部队并发表重要讲话。南海阅兵是中华人民共和国成立以来规模最大的海上阅兵，是新时代人民海军的豪迈亮相。

踏莎行·无人机秀①

劳动节日，
夜入古城。
无人机群似精灵。
变换有序多方阵，
历史现代共相融。

丝路源头，
雁塔耸空。
石榴花开别样红。
高铁奔驰连九州，
最美西安肇新兴。

——2018 年 5 月 1 日

① 2018 年 5 月 1 日晚 8 时 30 分，在西安城墙南门段上空，1374 架无人机同时升空，上演了一场集光影科技、现代艺术、古城文化于一体的光影盛宴。在表演中，1374 架无人机从南门城上及东西延伸区域起飞，汇聚至南门上空编队飞行表演，内容呈现出了"西安最中国、奔跑吧西安、新时代、40 周年"等文字及"城楼、大雁塔、丝路骆驼、5.1、1374"等图案和数字。笔者在小区楼顶观看无人机表演，即兴填词。

正大制药①

岐黄正宗传，
济生大德先。
遵法制剂精，
良心药典范。

——2018 年 6 月 29 日

---

①西安正大制药有限公司,成立于 1994 年,前身是原西安国药厂。其历史悠久,在西北乃至全国享有盛誉。西安正大始终以"奉献爱心、促进健康"为企业宗旨,致力于吸收现代科技,弘扬民族医药精华,结合名牌中药生产企业多年积累的技术优势和生产经验,进行了管理制度、经营体系、行销网络、人员配置等方面的全方位优化,使公司的商誉、品牌、知名度、技术水准、生产能力、产品品质、市场占有率在全国医药行业中名列前茅。笔者受高茂煌总经理之邀,与企业管理层座谈,即兴而赋。

后记

　　我已退休三个年头，虽然仍有一些专业学术事宜应邀而行，但没有了日常工作的压力，相对自由、轻松。在享受着温馨而从容的夕阳红生活的同时，我又有着对于诗和远方的渴望。虽然我之前已出版有专业书籍，也出版有诗词集《茗余集》（第一、二、三辑）和《悦忆集》（第一辑），对诗词的兴趣仍未减少，反而更具创作动力。加之已阅读过我作品的诗友、朋友、同仁、同窗、读者的喜爱，更激发了我的潜能，也正应了"爱好胜于勤奋"这句话。我把近年来的游历，不由自主地付诸笔端，汇集成《悦忆集》（第二辑），以飨读者。

　　在《悦忆集》（第二辑）付印之际，感谢我的老师李兴民教授不顾高龄审阅全稿并欣然作序！

　　感谢吴芳董事长为本书出版提供的支持！

　　感谢太白文艺出版社的支持，以及责任编辑申亚妮、蒋成龙他们认真负责、严谨细致和一丝不苟的敬业精神！感谢美术编辑刘挺军富有诗意的封面设计！

　　感谢在《悦忆集》（第二辑）书稿整理、打印、出版、印刷等工作中给予支持和帮助的所有同仁、校友和朋友！

朱志峰

2019 年 7 月